JN090506

きみが、この本、読んだなら

ざわめく教室編

戸森しるこ
おおぎやなぎちか
赤羽じゅんこ
池田ゆみる

さ・え・ら書房

きみが、この本、読んだなら

ざわめく教室 編

目次

絵

吉田尚令

装幀

大岡喜直 (next door design)

クロエ・ドール

戸森しるこ

一

同じクラスに、貝原広湖さんという女子がいる。

貝原さんは声がすごく小さい。

それに、授業中に先生から指名されるとき以外は、教室でほとんどしゃべらない。

貝原さんは、教室でいつもひとりでいた。いじめられているのとはちがう。ひとりが好きなのかもしれなかった。別の次元を生きているような、ふしぎな感じの子なのだ。勉強はよくできるらしかった。先生からの質問には、ちゃんと答えられた。

きれいな子だ。女子のことはよくわからないぼくにも、きれいなことがはっきりとわかるくらいに、きれいだ。

目が大きくて、まつげが長く、髪の毛もやたら長く、肌の色が透けるように白い。ひょろりとやせていて、腕と足がすらりと長く、ちょっと不自然なくらいに姿勢がよくて、身長はクラスの女子でいちばん高かった。

でも、笑わなかった。

声をあげて笑うことはもちろん、ほほえむこともしない。みんなが声をあげて笑い出してしまうくらいに、クラスでおかしなことがあっても、貝原さんだけは、しずかに席に座って、無表情のまま、クラスのざわめきを、じっと受け入れている。

ほんとうにふしぎな子だった。

でも、クラスのだれも、その「ふしぎさ」に近づこうとしていかないことが、ぼくにはさらにふしぎだった。

貝原さんは、まるでクラスでいないようにあつかわれている。ふつうはそれをいじめと呼ぶけど、貝原さんの場合はそういうことではなくて、貝原さんが空間にうまくとけこんでいるような感じがする。

存在が浮いているのにとけこんでいるって、すごく変なのだ。

うまく言葉で説明できないけれど、そのあたりのことが、ぼくにはとても気になった。

そして、中でも最大級にふしぎなことは、貝原さんがいつも人形をひざにのせて

8

いることだろう。

持ち物につけるような、小さなサイズの人形ではないんだ。背の高さが二十セン

チほどもある、学校に持ってくるには明らかに不自然な人形。

さらにふしぎなことに、クラスのだれも、先生でさえ、その人形の存在を無視し

ていた。あのサイズの人形を、先生が注意しないのは、ちょっとおかしい。なにか

事情があるのかもしれなかった。それに、

「貝原さんのあの人形っていったい……」

といううわさ話を、ぼくはきいたことがない。五年になってぼくがこの学校に転校

してきてから、ただの一度もないのだ。

だれもが、ぼくと同じように思っているのかもしれなかった。でも、そのことを

口に出してはいけないような、みょうな圧力がある。すごく変だ。

なにかの魔法……？　ぼくはちょっとだけ、そう信じかけていた。

その人形は洋風の人形で、頭のサイズが全体の三分の一くらいあった。三頭身だ。

目が大きく、まつげが長く、髪が長く、色白で……。

そう、貝原さん本人と、雰囲気がどことなく似ているのだった。

……いや、貝原さんのほうが、人形に似ているのか？　ん……？

と、このように、貝原さんのことは、考えれば考えるほどに、よくわからない。

その人形が貝原さんとひとつだけちがうのは、いつでも笑顔のその人形。貝原さんは、体育の動教室のときは、いつもその人形といっしょだった。

いつでも無表情の貝原さんと、いつでもほほえんでいることだ。

とき以外は、いつもその人形といっしょだった。

貝原さんは、学校に来るとき、その人形を手さげに入れているみたいだった。移動教室のときは、手に持って、いっしょに移動している。

ときどき、体育館での全校集会のときなんか、貝原さんが低学年の子とすれちがったりすると、その子たちがふしぎそうに振り返ることがある。

どうして学校にお人形持ってきているんだろう。

そういう空気が流れる。

それで、かろうじてぼくは、やっぱりおかしいよな……と、現実に引きもどされるのだった。

二

ぼくはその日の放課後、委員会の居残りで帰るのが遅くなった。

ぼくは栽培委員だ。クラスでは、正門付近の大きな花壇の水やりと、裏庭の畑の見まわりを担当している。クラスでは、植物系男子ということになっている。なんなんだそれは。

五年三組の教室に荷物を取りにもどり、また出ようとしたとき。

「うわっ、びっくりした」

ぼくがおどろいて声をあげたのは、もうだれもいないと思っていた教室の、廊下側のいちばん後ろの席に、貝原さんが座っていたからだ。前のドアから教室に入ったときは、死角になっていて気がつかなかった。たしかにそこは貝原さんの席だった。

「あ、いたんだ、貝原さん。えっと、バイバイ」

声をかけておいて、いきなりバイバイはまずかったかもしれない。まぁ、ほかに話すこともないんだし、いいか。

「バイバイ」

貝原さんが細い声で答えた。そのとき、違和感があった。

ぼくは貝原さんの顔を見た。

そして、違和感の正体に気がついた。

貝原さんが笑っているのだった。

「あれっ」

ぼくは思わず声をあげたけど、貝原さん、きみ、笑っているね、なんていうのは、ちょっとどうかと思ったので、言葉につまった。

それと、もうひとつ、いつもとちがう部分があった。

人形だ。

いつもひざにのせている人形が、机の上に座っていた。人形はひとりでちゃんと座って、貝原さんのほうを向いている。ふたりは、……この場合「ふたり」と表現していいのかどうか疑問だけど、とにかく、人形と貝原さんは向き合っていた。

「どうしたの？」

12

「帰らないの?」

立ち止まったぼくを見て、貝原さんは首をかしげた。

貝原さんが動かした……? でも、なんのために?

(あれっ……?)

貝原さんと向き合っていたはずの人形が、いつのまにかぼくのほうを見ていたからだ。

教室を出るまぎわ、もう一度貝原さんのほうを見たぼくは、ぎょっとした。

ときは、少しきつい感じがして、なんだかこわいのだった。

そして、貝原さんは笑っていると、ほんとうにかわいいなと思った。無表情の

うような雰囲気だった。

まるで、ぼくが教室に入るまで、ふたりで楽しくおしゃべりしていました、とい

と、答えるほかなかった。

「なんでもない。じゃあね」

貝原さんにきかれてしまったので、ぼくは、

「か、帰るけど」

声が上ずってしまった。

貝原さんも人形も感じよく笑っている。それはそれでこわくなってきて、ぼくは逃げるように教室から走り出たのだった。

その日の夕食のとき、おとうさんが残業でいなかったので、ぼくはおかあさんに貝原さんのことを話してみた。

おとうさんがいるときに、クラスの女子のことを話すのが、ぼくはちょっといやだ。「かわいいのか?」とかいって、ひやかしてくるからだ。お酒が入っていると、気分がよくなって、いつもそういうことをいうんだ。

気分がよくなるのはけっこうだけど、まわりの人間の気分を悪くしないでもらいたい。そして、この場合、貝原さんが実際にかわいいので、よけいに困る。

貝原さんのことを、おかあさんはよく知らなかった。もちろん、人形の話もはじめてきいたみたいだった。

14

「ふぅん、なんだかふしぎね」

「そうだよね。みんな、人形なんていないみたいにふるまってるんだ」

おかあさんはしょうが焼きを食べながら、まるでぼくをおどすように、

「その人形、広地にしか見えてないってことはない？」

なんていうから、鳥肌がたった。

「やめい！　こわいわ」

「アハハ」

こわがったぼくを見て、おかあさんは笑った。

「まるで『りかさん』みたい」

「りかさん？」

「そういう小説があるの。市松人形のりかさんと、小学生の女の子の話」

「市松人形？」

「おかっぱ頭で着物を着た、むかしからある日本の人形よ」

ああ、わかった、あれのことか。あれって市松人形っていうのか。ぼくはぽん

やり思いうかべた。ちょっとこわかった。髪がひとりでにのびるみたいな、怪談が

あったはずだ。

「貝原さんのは、市松人形じゃないよ。腰にベルトのついた茶色いコートを着て、

ベレー帽をかぶってるんだ。洋風の人形だよ」

もし貝原さんが市松人形を持っていたとしたら、クラスでの違和感は今以上だっ

たと思う。

おかあさんは読書が好きなので、おかあさんたちの寝室の本棚には、本がたくさ

んある。ぼくは、その小説が小学生の話だというのが、気になった。

「それ、ぼくでも読める本？」

おかあさんはちょっとびっくりしたようだった。ぼくはふだん、本をあまり読ま

ないから。

「そうね。主人公が大人になってからの物語もあるけど、広地には『りかさん』の

ほうが読みやすいかな。明日学校休みだし、読んでみる？」

ぼくは『りかさん』を読むことになった。

三

りかさんは、主人公のようこが、おばあちゃんからもらった、市松人形の名前だ。

はじめ、「りかちゃん」と呼んでいたようこに、りかさん本人が、

「りかさん、と呼んでくださらない？」

とたのんだ。ぼくはこの場面が気に入った。人形にも、呼ばれたい名前と、そうでない名前があるのだ。貝原さんの人形は、なんという名前なのだろう。

りかさんは、ようこと話せる。

だれとでも話せるというわけではない。たとえば、ようこのおかあさんとは話せない。いっしょに食事をしたり、いっしょに寝たり、まるで人の子どものように接しつづけて七日たったときに、りかさんの言葉を、ようこが自然と理解しはじめたのだった。

また、りかさんの以前の持ち主である、ようこのおばあちゃんも、りかさんとふつうに話すことができる。そのことが、ぼくにはなにか奇妙だった。奇妙で、なぜ

か、ほっとした。ふしぎなことを、自然と受け入れている大人がいるということに。

ぼくは読み進める。

その物語には、ぼくには難しい表現が多かった。

たとえば、「にぎにぎしい」とはなんだろう。おかあさんにきくと、おかあさんもよくわかっていなかった。

「たぶん、にぎやかってことだと思うけど、念のため辞書で調べて。もしちがったら、おかあさんにも教えて」

調べたら、「大変にぎやかであること」と出た。

これと同じやりとりを三回くりかえしたので、もうおかあさんを経由するのはやめて、ぼくは辞書をたよりにすることにした。

ようこは、りかさんといっしょに生活するうちに、いろいろな人形たちの声がきこえるようになり、ふしぎな経験をする。

ようこ自身が、それをあまりふしぎだとは思っていないように見えるところが、

ぼくにはふしぎだった。

それとも、逆だろうか。

ふしぎをふしぎと認識できているからこそ、そういう経験ができるのかもしれな

かった。つまり、まわりの人たちは、ふしぎに気がつくことさえできていないとい

うことだ。

クラスのみんなが貝原さんを受け入れているところに、これは少し似ている。

物語に登場する人形たちには、人と同じように、深い事情があるのだった。物語

の後半は、ぼくの胸が苦しくなるくらい、壮絶な体験をした人形の話だった。

一日かけて物語を読み終えたぼくは、この本を貝原さんが読んだら、どういう感

想を持つだろうと、気になった。もしかしたら、貝原さんも、ようこのように人形

の世界を感じることのできる人なのかもしれない。

「よし」

ぼくはそう声に出して、自分のノートを一枚やぶると、それをハサミで長方形に

切り取った。そして、

この本を読んでみたまえ

と、筆ペンで書いた。そういう古めかしい書き方が、この物語に合っているように思った。

ただし、「たまえ」という言葉の使い方が合っているかどうか不安になり、また辞書にお世話になる。「たまえ」は「給え」と書くのが正しいことが判明したので、そう書き直すことにした。「この本を読んでみ給え」。そのほうが、それっぽい。

ぼくはそれを栞にして、本にはさんだ。

翌日、ぼくはだれより早く教室に行くと、貝原さんの机の上に、こっそり『りかさん』をおいておいた。

貝原さんが教室に来たとき、ぼくの心臓はかなりドキドキしていた。

20

こんなことをするのはだれ？　ってさわぎになったらどうしよう。でも、なんと

なく、貝原さんはそうしないような気がした。

はなれたところから、なにげなく様子を見ていると、貝原さんは、その本を手に

取ってじっと見たあと、ページをパラパラとめくり、そして、あるページで手が止

まった。たぶん、栞に気がついたのだ。

あまりにドキドキして見ていられなくなったので、ぼくは体の向きを変え、貝原

さんが視界に入らないようにした。でもやっぱり気になって、一分くらいしてから、

もう一度さりげなく貝原さんを見た。

（あっ）

ぼくは心の中で声をあげた。本を手に持ったまま、貝原さんはぼくのほうを見て

いた。あやうく目が合いかけた。

でも、そのときいいタイミングで、

「広地！　パイナップリリンの最新動画見た？」

友だちの悠人に話しかけられた。はやりのお笑い動画の話だ。

話している途中でちらっと確認すると、すでに貝原さんはぼくのほうを見ていな

かったし、『りかさん』もなくなっていた。

どうやら、引き出しか、かばんの中に入れてくれたようだった。

作戦成功だ。

その日、ぼくは悠人といっしょに帰った。悠人とは家が近くて、ぼくが転校して

きたときからよくいっしょに帰っている。

「なぁ、貝原さんってどう思う？」

思いきってぼくがきくと、悠人は、にやっと笑って、

「おまえのいいたいことはわかるぞ」

と、大きくうなずいた。いや、絶対わかってないね。

「貝原さんは、かわいいよなぁ」

「いや、そういう話じゃなくてさ」

やっぱりわかってなかったな、と、ぼくは思った。

ぼくはなんとか人形の話題にもっていきたい。

「あの人形だよ」

「人形?」

「だから、貝原さんがいつもひざにのせてるだろ」

「ああ」

なんだそんなことか、という調子で、悠人はうなずいた。

「それがなに?」

悠人はふしぎそうにぼくを見ている。

ぼくはそんな悠人をふしぎそうに見返してしまう。なんだ、この、会話がかみあわない感じ。

「だから……」

だから、なんだろう。どういっていいか、わからない。

人形持ってるなんて、変じゃないか?

そんなふうにいったら、ただの悪口になるしなぁ。

「えっと、あの人形、貝原さんに似てないか?」

すると、悠人はどこかほっとしたような表情で、

「おう、似てるよな」

と答えた。似てるよな、じゃねぇよ。と、心の中でつっこみながら、それ以上、ぼくもなにもいえないのだった。

悠人はふだん、こんなふうに、あいまいな話し方をするやつじゃない。

なにかの力が加わって、会話が成立しなかった。きっと、何度やってみても同じことになるんだろう。

ためしにもう一度、

「貝原さんてさ」

と、話題を振ろうとしたら、それと同時に悠人が大きなくしゃみをし、ぼくの言葉はなかったことにされてしまったのだった。

四

その日の夜、ぼくはふしぎな夢をみた。

貝原さんの人形の夢だ。

学校の教室で、ちょうどあの日の放課後のように、ぼくは貝原さんの席に座り、

机の上に人形をおいて、向かい合っている。窓から明るい光が差しこんでいるので、早朝という雰囲気

しずかな教室だった。

だった。

ぼくは人形に話しかけられた。

──あなたでしょ、あの本をおいたの。

ぼくはうなずく。たしかにそれは、ようこが感じたように、「耳からきこえると

いうより眉間のあたりから入り、頭の中で響く」ような声だった。

「きみもしゃべれるんだね。そうじゃないかと思ったんだ」

ぼくはそんなことを口走っていた。

「どうしてぼくだとわかったの?」

——広湖ちゃんによると、あなたの書く「読」という漢字は、とても特徴的なのだそうよ。

「ははぁ」

しまった。そういえば先週の国語の授業のときに、黒板に書いた「読」の字が別の漢字に見えてよくないと、先生に注意されたばかりだ。

人形は、にやっと笑った。いや、いつも笑っているのだけど、いつもよりも笑ったように見えた。

——わざとわかるように書いたのでしょ?

断じてちがうぞ。いい返そうとしたものの、そういわれるとそうだったかもしれないという気がしてくる。

ぼくは、物語の中で、ようこがおばあちゃんから、「質の悪くない人形なら、きかれたら名のるよ」といわれたことを思い出した。逆にいえば、質の悪い人形なら、名のらないことになる。

26

「きみの名前は？」

——クロエよ。貝原クロエ。

「ふうん。かっこいいね」

同じクラスに黒江さんという女子がいるので、一瞬その子のことを思いうかべた。貝原クロエ、トップモデルみたいな名前だ。

「クロエさん、と呼んだほうがいいの？」

「クロエでけっこう」

クロエにも好みの呼ばれ方があるらしい。クロエさんと呼んでしまうと、黒江さんと呼んでいるようでまぎらわしいので、これはぼくにとってもちょうどよかった。

クロエは上目づかいでぼくにいった。

——広湖ちゃんはあの本を気に入った。よかったら、ゆずってもらえないかしら。

「えっ、もう読んだの？」

——ええ。夜中まで読んでいたみたい。

「あれはおかあさんの本なんだよ」

でもたしかに、貝原さんから返してもらうとき、どうすればいいんだろう。そこまで考えていなかった。でも、貝原さんがそんなに気に入ったというなら、あげてしまいたいような気もする。おかあさんにたのんでみようか。

「でも、わかった、なんとかする」

ぼくはそう答えた。

「ねえ、なぜきみはいつも貝原さんといっしょにいるの？」

そうきくと、クロエは少しだまってから、ゆっくりと答えた。

——本の中に書いてあったでしょう。あの物語の中で、ぼくがいちばん印象的だったところだ。

ぼくはすぐに理解した。人形のほんとうの使命はなんなのかって。

人形のほんとうの使命は生きている人間の、強すぎる気持ちをとんとん整理してあげることにある。木々の葉っぱが夜の空気を露にかえすようにね。

おばあちゃんが、ようこにそう伝える場面があった。

それを読んで、ぼくは貝原さんにこの物語を知らせたいと思ったんだ。

貝原さんの中にも、もしかしたら、「強すぎる気持ち」みたいなものがあって、それで人形を必要としているのではないかと思ったから。それは、貝原さんが笑顔を見せないことと、なにか関係がありそうな気がした。

ようこのおばあちゃんによれば、激しい気持ちは、濁っていくのだそうだ。濁った部分をかわりに吸い取った人形は、人に悪い影響を与えることがある。ぼくはそれが心配だった。

でも、クロエを見ていると、そういうことはなさそうに思える。

「悪さをしたりとか、きみはそういうんじゃないよね」

ぼくがおそるおそる確認すると、クロエはにっこり笑った。

――悪さなんてしないわ。少しだけお手伝いはしているけど。

「お手伝い?」

――そう。わたしが広湖ちゃんの近くに無理なくいられるように、上手に世界に

とけこんでいるの。

ああ、クラスの子たちが、不自然なくらいにクロエに気がつかないのは、そのせいなんだ。クロエのことについて、悠人と深く話せなかったのも、きっとそう。

「でも、ぼくにはとけこんでいるようには見えなかった。ぼくにはそれが効かなかったってこと？　どうしてだろう」

——どうしてかしらぁ。

クロエは、からかうようにいうのだった。クロエのその態度に、ぼくはカチンときてしまった。なにがいいたいんだ。

ぼくがだまったのを見て、クロエはぼくに悪かったと思ったのかもしれない。いきなりこんなことを話し出した。

——むかしむかし、森の中の大きな湖のほとりで、両親とはぐれてひとりぼっちになってしまった女の子がいました。女の子はまだ幼く、うまく話すことはできませんでしたが、髪の長い人形を持たされていました。そのときから、ふたりは片時もはなれず、おたがいを大切に思いながら生きています。

そのむかし話をきいたとたん、ぼくの目の奥に、その森と湖と、小さな女の子とクロエの姿が映った。単にぼくが想像しているのかもしれないけど、行ったことのない場所なのに、あまりにもリアルに思いうかべることができたので、もしかしたらクロエがぼくに見せているのかもしれないと思った。

その女の子は、どう見てもサイズの合っていない、素っ気ない黒いシャツを着せられていた。下にはなにもはいていないかもしれない。よたよたと歩きながら、自分とほとんど大きさのちがわないクロエを、必死に抱きしめている。

「……いなくなった両親はどうなったの?」

クロエから答えは返ってこなかった。きいてはいけなかったのかもしれない。貝原さんの名前は広湖だ。

人には人の、人形には人形の過去があり、それぞれに事情がある。ぼくは『りかさん』の中に出てきた、さまざまな人形たちの物語を思いうかべた。

——自分の本は、なかなか買ってもらえないの。図書室も図書館もあるから。この学校の近くに、事情があって自分の家で生活できな

ぼくはふと思い出した。

くなった子どもたちのための施設がある。この学校には、そこから通ってきている子がたくさんいるらしいのだ。でも、だれがそうなのかは、転校してきたばかりのぼくは、はっきりと知らなかった。

「それで、あの本がほしいのか……」

——広湖ちゃんがほしいっていったわけじゃないのよ。ただ……。

そのとき、クロエの言葉をさえぎって、いかにもこの場に不似合いな、はやりのお笑いソングが大音量で鳴り響きはじめた。

もちろん校内放送ではなく、目覚ましのアラームだ。ぼくの部屋が、現実が、ぼくを呼んでいる。これまでの経験上、これが夢だと考えはじめた時点で、もうだめだ。もどらなくてはいけない。

「本、おかあさんにきいておくから！」

目が覚める直前に、ぼくはクロエにそう叫んだ。

そして気がついたときには、ぼくは自分の部屋の自分のベッドの中で、天井を見上げていたのだった。

五

あまりに鮮烈な夢で、はたしてどちらが現実なのか、いつも以上にぼくは混乱した。

いつもはしょうゆをかけるところなのに、目玉焼きにソースをかけてしまい、おかあさんに、

「寝ぼけてるの?」

と指摘された。そのとおりだ。

ぼんやりしたまま朝食をとっていると、おかあさんのほうからきかれた。

「そういえば広地、『りかさん』は読み終えたの?」

「ああ、うん」

クロエとの約束を思い出さないわけにはいかなかった。ぼくはゴクリとおかずを飲みこんだ。

「……でもごめん、あの本、学校でなくしちゃったんだ」

34

「ええー？　おかあさんの好きな本だったのに。ちゃんとさがしたの？」

「うん……、ごめんなさい」

貝原さんにあげることにしたというのは、なんだかいいにくかった。うそをついてしまった。

おかあさんが本気でがっかりしたみたいだったので、申し訳なくなって、

「ぼくのおこづかいで買って返すよ」

といったら、そこまでしなくていいと逆におどろかれた。そしてあやしまれた。ばれるのは時間の問題かもしれない。

その日、教室に行くと、ぼくの机の上に、見たことのないピンク色の表紙の絵本がおいてあった。

タイトルは『ありがとうのえほん』。めくってみると、ぼくの作った栞がはさまっている。

貝原さんはいつものように、自分の席でクロエをひざにのせ、しずかにすごして

35

いる。そのふしぎさに、だれも気がつかない。ぼくのほかはだれも。

ぼくの「読」の字がわかりやすいというだけの話かもしれない。

でも、あるいは……。

昼休みに廊下で貝原さんとすれちがったとき、ぼくは小声で声をかけた。

「あげる」

振り返った彼女は、あの日と同じようにほほえんでいた。

ふしぎなことなんてなにもない。そう、いいたげな顔で。

36

この物語に登場する本

『りかさん』　梨木香歩　作　偕成社

『ありがとうのえほん』
フランソワーズ・セニョーボ　作　なかがわちひろ　訳　偕成社

パワーストーン

おおぎやなぎちか

あたしには、八歳のときまで、お姉ちゃんがいた。

ママの妹が同じ家に住んでいて、あたしは叔母であるその人を、「お姉ちゃん」と呼んでいたのだ。

お姉ちゃんは、ママが中学生のときに生まれたのだという。そして、あたしは、お姉ちゃんが十歳のときに生まれた。

十歳のお姉ちゃんは、赤ちゃんだったあたしのおむつを替え、ミルクを飲ませてくれた。

っていうのは、記憶にはない。写真はあるけどね。

中学生のお姉ちゃんは、絵本を読んでくれて、いっしょに留守番もした。

これは、少し覚えている。

高校生のお姉ちゃんは、アニソンが好きで、すごく上手だった。あたしも、いっしょにおどりながら、歌った。

これは、もちろん覚えている。最高に楽しかった。

姉妹がいる友だちはたくさんいたけど、あたしのように「大きな」お姉ちゃんが

いる子はいなかった。　自慢だった。

大好きだった。

でも、お姉ちゃんは高校卒業と同時に家を出ていってしまった。アパレルショップの店員になって、ひとりぐらしをはじめたのだ。

最初のうちは休みの日にケーキを買って遊びにきたりしてたけど、だんだんその間隔があいて、去年からは一度も来てない。

あたしは今、ひとりっ子の五年生だ。

　　　一　お姉ちゃんが来た

梅雨が明けた。なのに、あたしの気分は、どんより。じめじめ。

家でアイスでも食べてすっきりしようと思いながら、学校から帰ってきた。

ところが、ドアを開けようとしたら、鍵がかかっていない。ママは地元の郵便局に勤めていて、まだ仕事のはず。具合が悪くて帰ってきてるとか？

42

……まさか、どろぼう?

と身をかたくして、げんかんに入る。すると……、リビングのドアが開き、その人があらわれた。

「おっ、瞳。おかえり～」

「だれ?!」

「お姉ちゃんでしょー。ひさしぶりっ」

「あたしはひとりっ子ですが」

抱きついてこようとするその人をさけて、リビングへ。がっちり、エアコンが効いていて、涼しい。

「つれないなあ」

無地Tシャツに、どこかの量販店で売ってる柄つきステテコをはいたその人が、あとから入ってきて、ごろりとソファに寝ころぶ。髪の毛はボサボサ。金髪に染めてるところと、頭のてっぺんに黒く伸びたところがある。なさけないプリン頭だ。

冷凍庫を開けたけど、夕べはあったアイスがない。

振りかえって、プリン頭をにらむ。プリン頭は、

「冷蔵庫、ろくなもの入ってないよね」と、しらばっくれる。

きょうは金曜日だから。うちは、いつも週末にまとめ買いするから。そんなこと

より……。

「なんで、いるの?」

お姉ちゃんなんて、呼んでやらない。こんなかっこ悪い人、お姉ちゃんじゃない。

「帰ってきた。ここ、あたしんちだもん」

ここで生まれて育ったのだ。

建て直してはいるけれど、ここはもともとママの両親が住んでいた家。この人は、

「それ、おばあちゃんが生きてたときでしょ。今はパパとママとあたしんち」

「瞳って、こんなに意地悪だったっけ?」

学校で、もまれてますから。

ああ〜。来週一週間、学校休もうと思ってたのに。不登校になるって決めて帰っ

てきたのに。

まさか、この人がいるってこと?。

いらいらしながら、牛乳を出す。冷蔵庫を思いっきりしめる。

「乱暴もの。冷蔵庫がこわれるよ」

「麻美さんには、関係ない」

さんなんてつけることなかったか。

「ひとみ〜。そう、かりかりしないで。しばらく居候させてよ。部屋はあるしさ。

んねっ」

いつのまにかまわりこんでいて、抱きついてきた。

「ママに聞いて」

ぐいっと牛乳を飲んで、部屋へ。

ママは、妹の居候をあっさりみとめた。あたしに反対する権利はない。

荷物は、あした届くらしい。もう決めてたってことじゃん。

麻美さんがお風呂に入っている間、ママがパパに説明する。

「人間関係につかれたみたい。売り上げのノルマを達成できなくてお給料減らされたり、セールの日に一時間前出勤の連絡がひとりだけこなかったり」

「アパレルショップの店員って、大変らしいからな」

「ストレスいっぱいだったんでしょうね」

ママの説明は、つづいた。おしゃれは好きだったけど、自分の着る服を選ぶのと、お客様にすすめるのとは、ちがう。そのあたりをうまくやることができなかったみたい。お店の商品の中には好みではないものだってあった。でもその商品を着なくてはならない。しかも、お客さんが見て「いいな」と思える着こなしをしなきゃならなかった。……と。

ぼさぼさ頭のステテコは、その反動ってわけか。

「人生は長いんだから、ゆっくりすればいいよ」

は～？

ふたりとも、超絶甘っ。

ストレス？　よく聞く言葉だ。がまんできないなにか、ってことよね。

46

ちょっと待って……。

そうか。この人の甘えが許されるんだったら、あたしが学校に行かなくなっても、OKってことでしょ。

よし。おおらかな気持ちで、プリン頭の居候をみとめてやるか。

って、思ったのにぃー！

麻美さんのあとのお風呂に入ったら、お湯は半分に減ってるし、洗面器はだらしなくころがってるし、髪の毛は湯船にうかんでるし。

腹立つ〜〜。

二　学校を休んだ

土曜日曜は、うちでだらだらしている麻美さんと、なるべく関わらないようにすごした。

そして、「ストレス」をインターネットで調べた。

——環境によって心や体に負担がかかっている状態のことをいいます。ストレスが原因で、胃潰瘍という胃の病気や精神的な病気になることもあるといいます。

麻美さんは、そうなる前に逃げたってことだ。

月曜日。しかたなく、いつもどおり、学校へ。

ああ、でも、どうしよう。

二時間目が終わり、三時間目。給食の時間が近づいてくる。

それにつれて体がどんどん重くなる。

こんなはずじゃない。あたしは、けっこう気が強いはず。

ひとりでいるのは、平気。トイレに行くのに、だれかをさそったりはしない。だからといって、ういてたとも思わない。すごく仲のいい子はいないけれど、そこそこみんなとうまくやってきていた。華やかな女子グループからは距離をおいてたけど。

きっかけは、この前、その華やかグループが、なにかファッションのことで盛り

あがっていたときだった。たまたま通りかかったあたしは、「ね。このカットソー、いいよね」と話をふられた。それに対して、「あたし、そういうのわからない。興味ないんだ」と答えたのが、気に入らなかったのかも。いや、その前から、目ざわりだったんだろう。ぎろりとにらんできたあと、こそこそないしょ話をしていた。

そして、次の休み時間。

そのグループのひとりが、あたしに、「あ、消しゴム忘れちゃった。貸してくれる？」といってきたので、「うん」とペンケースを開けた。あたしのペンケースは、おばあちゃんの手作りだ。手芸好きだったおばあちゃんは、古い着物や洋服をほどいて、ポーチやティッシュケースなどの小物に作り直していた。そのひとつが、今あたしが使ってるペンケース。小学校に入学したとき作ってくれたものだ。虹色のストライプ柄で、中はふたつに分かれている。作ってもらってから五年もたっているから、ファスナーがほつれてしまっているところもある。はっきりいって、ボロい。

リーダー的存在の子が着ていたのは、有名なブランドのものだったらしい。

「はい」と消しゴムをわたして、ファスナーをとじた。ところがそのとき、その子があたしのペンケースを指さして、「カビ?」と、聞いてきた。教室じゅうに聞こえる声だった。

一度サインペンのキャップがちゃんとしまっていなくて、中ではずれてしまったことがあったのだ。そのときペン先があたり、ペンケースの角が、インクで黒くにじんでしまっていた。

「ちがうちがう。これはサインペンのインクよ」

あたしだって、負けずに、みんなに聞こえるようにいった。なのに、「ええ〜。でも……」と、消しゴムをつきかえされた。まるで消しゴムにもカビがうつっているからといわんばかり。

クラスの子のペンケースは、ふたが磁石式の箱タイプが多い。五年生にもなると、どれもそれなりにくたびれているし、汚れている。あたしのと、そんなにちがってはいない。なのに、あたしのペンケースは、角が黒ずんでるだけで、カビあつかい。「瞳って、やばい?」と、ささやきあってる。

50

そしてそれ以来、華やかグループのメンバーから、「瞳はカビくさい」「カビがうつる」といわれるようになった。半径一メートル以内にはだれも寄ってこない。授業中は机を動かすわけにはいかないから、前の席の子は、休み時間になるたび、だーっとはなれて、わざとらしく深呼吸している。後ろの席の子は、プリントを回そうとすると、なにか汚いものでもわたされるような顔をする。

それでもあたしは、おばあちゃんのペンケースを使いつづけている。おばあちゃんは、二年生になる前に死んでしまった。だから、大事なの。

第一、あいつらは、あたしのことをハブるきっかけがほしかっただけ。いいがかりをつけただけだ。

今週は、うちの班が給食当番。

あたしがよそったスープを、あの子たちが飲むとは思えない。なにをいわれるか……。

考えてたら、おなかが痛くなってきた。そんなことをいえば、きっと「くさった

ものを食べた」とからかわれる。でも、痛い。

これは、ストレスが原因の腹痛だ。

三時間目のあと、逃げるように保健室へ行った。

「おなかが痛くて」

「あら。なにか心当たりは?」

「いえ、べつに」

あるけど。ストレスです、なんていえば、根掘り葉掘り聞かれるだろう。

保健室の先生は、さらに、「今朝はちゃんと出たの?」「朝ごはんは?」と聞いてくる。便秘じゃないかと、いいたいらしい。便秘じゃありません。

「とにかく横になってて」といわれて、ベッドに横たわる。目をとじる。あー、やだ。このまま、眠ってしまいたい。そしてもう目覚めたくない。

本当に眠ってしまったみたいで、気づいたら、横に給食が置かれていた。

「どう? 食べられる?」

52

こくんとうなずき、その場で食べる。おなかはまだ少し、しくしくしたので、半分でやめた。

「五時間目の授業は?」

無理。なにいわれるか、わからない。

「あの……、帰ったらダメですか?」

「ちょっと待って」

担任の浮田先生が呼ばれた。クラスで起こっていることにまったく気がつかない、超どんかんオヤジだ。

「そうか。うん、うちに帰って体を休めたらいい。おかあさんに連絡するぞ」

ママに連絡か。こういうときの連絡は順番が決まっているから、しかたないけど。

「はい。でも今、家には叔母がいますから、迎えは叔母に来てもらいます」

「そうか」

浮田先生は、その場で、ママに電話をかけた。ランドセルは先生に教室から持ってきてもらい、ママから麻美さんに事情が伝わるのを待つ。五時間目の途中に学校

に来た麻美さんは、プリン頭はそのままだけど、さすがにステテコではなく、チノパンだった。

あたしは、やっと解放された。

おなかはもう痛くない。逃げたかった気持ちに、きっと体が反応してたんだ。

家にもどってみたら、テーブルには飲みかけのジュースやポテトチップスの袋がちらばっていた。麻美さんは、ソファにあった雑誌をこそこそ片づける。ん？　なんの雑誌？　あやしい。

「おなかは？」

「なおった」

「ふうん」

そして、翌朝。ママとパパが家を出てから、麻美さんにいった。

「あたし、学校休むから。先生に電話して」

「は？」

「行きたくないの」

54

じっと麻美さんの目を見た。あたしのいいたいこと、わかるよね。

麻美さんも、じっとあたしの目を見た。

「行きたくないんだ」

「うん」

麻美さんだって、仕事に行きたくなくなったんでしょ。だから、ここでこうしてるんでしょ。

あたしに、休むなっていう権利はないよね。

協力してくれるよね。

麻美さんの保護者ぶりは、見事だった。

「昨日、迎えにいきました瞳の叔母です。いつもお世話になっております。はい。ええ、行く準備はしていたんですが、熱も少々あるようで……」

ショップ店員をしていたときの口調。大人の物言い。声だけ聞いてると、まるで別人だ。きのう学校で先生と顔を合わせてるしね。問題なし。

麻美さんは、そのあとは、いつものようにごろごろ。

あたしは、しばらく自分の部屋でマンガを読んでから、リビングにおりた。リビングは、きのうと同じような状態。本が数冊。あとは、チョコやクッキーの包み紙がちらばっている。

お昼ごはんくらい作ってくれるかと思ったら、コンビニ弁当で終わり。麻美さんは、またテレビを観て、ごろごろ。

「ほんとになにもしてないね。ふとるよ」

「だね。瞳も気をつけて」

あたしは、来週には学校へ行く。ただ給食当番だけはしたくないの。だから、今週だけは、切り抜けさせて。

でも、甘くはなかった。

麻美さんのスマホがぶるぶる震えた。

「やば、姉さんからライン」

しまった。先生、念のためママに連絡したんだ。

56

「ママ？　なんて？」

「瞳がいるのかって」

えー、どうしよう。あたしたちは、顔を見あわせ、すぐに返信をしなかった。す

ると、ふたたびスマホが震えた。今度は電話だ。

三　川原へおりた

「逃げよ」

「え？」

「姉さん、帰ってくるかも。ほら、急いで」

「うん……」

ぐいっと手をつかまれて、外へ。

あ、あたしはまだふつうにTシャツとデニムパンツだからいいけど、麻美さん、

ステテコだよ。ママのサンダルつっかけて……。

ママが勤めている郵便局とは反対方向へ。

「どこに行くの？」

「どこに行こうか」

「もう」

「はは。逃避行だー！」

というより、プチ家出だ。ちょっと楽しい。

ひとりだったら、きっとひどくみじめだった。

「瞳。ジャンケンしよ。ジャン、ケン」

「ポン」

あたしの勝ち。

「右ね」

あたしが勝ったら、右。お姉ちゃんが勝ったら、左。それが、いっしょに歩いて

分かれ道に来たときのルールだった。

「ジャン、ケン」

「ポン」

こんどは、左。

「こうやって、迷子になったことあったよね」

「あった、あった」

あたしが泣きだしたら、お姉ちゃんがぎゅっと手をにぎってくれたっけ。

あ、あたし……、麻美さんじゃなく、お姉ちゃんって呼んでる（心の中でだけど）。

「ジャン、ケン」

「ポン」

こんどは、右。なのにお姉ちゃんは左へ行く。

「ずる」

「いいから。こっちこっち」

このあたりは昔からの住宅街で、細い道が入りくんでいる。だからあのとき、迷ったんだ。

車が行きかう道に出て、信号をわたる。

そして、川原に出た。

道路から土手が盛り上がり、散歩道がある。少し向こうにあるドッグランへ犬を

つれていく人がいる。

「あー、ひさしぶりだー」

お姉ちゃんが、両手両足を広げて、叫ぶ。

川から風が吹いてきた。

土手の草が、ゆれてる。

石段を、川原へとおりた。水にばしゃばしゃと手を入れて涼んだあとは、お決ま

りの水切り。

「平べったい石がいいんだよね」

「えいっ」

お姉ちゃんのは、一回はねただけでしずんだ。あたしのは、一回もはねなかった。

「で？」

お姉ちゃんが振りかえって、あたしを見る。

「え？」

「だから、学校で、なにがあったわけ？」

ふうん、気になるんだ。

「いいたくないなら、いわなくてもいいけどさ」

「ペンケース」

「え？」

「おばあちゃんがリメイクしたペンケースだよ」

「あの人、いろいろ作ってたからね。ああいうの、最近はアップサイクルっていうらしいよ。あたしは、ポーチをいまだに使ってる。っていうか、それがどうしたわけ？」

それで、これまでのことを話した。休みたいのは、今週だけだってことも。

……。

お姉ちゃんは、なにもいわない。

川が流れる音だけがする。

お姉ちゃんが、すっと足元の石をひとつ拾った。そして、

「そういうやつは、どこにでもいるんだよ！」と叫んで、投げる。

わっ。

石は、点々と四回もはねて飛んでいった。

そして、また石を拾う。また投げるのかと思ったら、こんどはすぐにぽいっと捨

てる。そしてまた拾っては、捨て、捨てては拾う。

「どうしたの？」

「石っていろいろあるじゃない。ほら、これなんて、よく見ると、いろんな色が混

じってる」

「うん」

「あ、これいい！　黒いけど、ちょっと赤い」

「そういわれれば……」

「あっちに行こ」

62

なにしろ川原は広い。石はたっぷりある。お姉ちゃんは、なにかに取りつかれた

みたいに、石を拾っていた。

「袋持ってくるんだった」

そうしているうちに、あたしまで、「これ、いいんじゃない？」と石を拾って、

お姉ちゃんに見せてる。

「おっ、しぶいね」

「そう？」

たしかに、茶色はしぶいかも。でも、するするしてて、さわっていると気持ちが

落ち着く。あっ、こっちの白いのも、きれい。

お姉ちゃんは、拾った石を石段にならべた。

「これはさ、地球の一部なんだよね」

石につぶやいてるみたい。

「ほかの川に行けば、またちがう石がある。海にはまたちがう石がある。どれひと

つ、同じ石はないんだよ」

63

なにをいいたいんだろう。

うぅん。ほんとは、なにをいいたいか、少しわかる。

あたしも、拾った石をお姉ちゃんの石に交ぜて、石段にならべた。

「あのさ、麻美さんは……」

やっぱり面と向かっては「お姉ちゃん」って呼びにくい。

「なに?」

「自分の石がどこかにあるかもって、思ってるの?」

「うーん。当たらずとも遠からず」

「当たってないんだ」

「あたしもこんな石のひとつみたいなもんかなって、とこかな」

ここには、いくつ石があるんだろう。何万? 何十万? 世界じゅうにはいくつ

の石があるんだろう。あ、つまり、それが人間の数に置きかえられるってことか。

地球には今何人、人がいるんだっけ?

「でもさ」

お姉ちゃんの言葉に感心ばかりはしていられない。

「地球の石には、ダイヤとかルビーとか、なんだろう。ほかにもすごいのがあるよね」

「エメラルド、アメジスト、オパール、トパーズ……」

中には、色や形が思いうかばないのもある。指輪やネックレスとして売られているものたちだ。

「数が少ないと値がはる。そうでもなければ、それなりの値段。水晶は、日本でも山で掘れる。ヒスイは海辺で拾えることもあるみたいよ」

人にも、宝石や石ころがあるのかな。芸能人や、活躍しているスポーツ選手は、宝石なんだろうな。

あたしは？　そりゃあ、そのへんの石ころだよね。

「うちに帰ったら、本を貸してあげる。『いい感じの石ころを拾いに』っていうの。読んでみたらいいよ」

「いい感じの石ころ？」

66

「そう。こんな川原や海岸で、ただの石ころの中から、自分の気に入った石をさがしている人のエッセイなんだ。宝石を見るより、元気になる。あんたは、それでいいよって、いってくれてるみたいに思える」

それでいい？

四　いい感じの石ころ

「わあ、この石！」

ちょっと先の草むらから声がした。

なに？

そこでは、お姉ちゃんがしゃがんでいた。灰色のごろりと大きな石をなでたり、持ちあげようとしたり。

「重い」

持ちあげられないみたい。

67

「お米五キロくらいなら持てるんだけど、これは、もっとあるな」

ちょっとごつごつしてるけど、岩というほどではない。

遠目には灰色にしか見えなかったのに、いっしょにしゃがんで見たら、どことなく青い。赤茶色のすじが、いい感じの模様になってもいる。

すわれるほどの大きさじゃない。

かざるほどきれいなものでもない。でも、やさしい感じがする。

ここにあるまま、置いておくしかない。あたしたちが帰ったら、もうこの石を見つける人はいないかもしれない。

そんなことを、つぶやくようにしゃべった。すると、お姉ちゃんが、ぼそりといった。

「また会いにくるよ」

そして、川に向かって、すっくと立つ。

「あ、え、い、う、え、お、あ、お」

いきなりの大声だ。

68

「なに？　発声練習？」

「瞳もやってごらん。すっきりするよ。

なまむぎ　なまごめ　なまたまご」

は……早口言葉？」

「できない？」

「そんなの簡単だよ。

なまむぎ、なまもめ……あ」

「はは。

あかまきがみ　あおまきがみ

「あかまきまみ　ああ……あおまきがみ　きまきがみ」

く、くやしい～。

「さ、そろそろ帰ろう。警察に届けられたりしたら、やっかいだ」

プチ家出は終わり、か。

あたしたちは、さっき石段にならべた石の中から、それぞれ一番好きなのをひと

つずつポケットに入れて帰った。

家が見えてきた。

玄関が開いた。ママだ。

「ただいまー」

お姉ちゃんが、芝居がかった明るい声を出す。

「おかえり」

うながされて、家に入る。

「もう」

ママの顔は、こわばっていた。探しに出ようとしてたのかも。

「これだよ」

お姉ちゃんが、テーブルにあった本を差し出してきた。

『いい感じの石ころを拾いに』という本だ。

「大人の本じゃん」

「大人の本とか子どもの本って、決まってないよ。あたしは今でも『くまのプーさん』読んでる。読めるところだけ読めばいい。あたしがそうだし」

ぱらぱらとめくってみた。

中の写真も、石ばっか。

「この前まで働いてたショッピングモールにも、いろんな石を売ってる店があったの。パワーストーンとか。休憩時間、よく行ってたんだ。いやされた」

「ショップ店員、そんなにしんどかったの?」

「店員同士の張り合いはあるは、試着したときに服を汚すお客さんや、似あわないことを店員のせいにするお客さんとか、いろいろ」

ショッピングモールには、ジュエリーショップもあったけど、ネックレスや指輪に加工されているものより、石そのものを売ってる店のほうが好きだったって。あたしたちが拾ってきたのは、そういう店にさえならんでいないただの石ころだ。

『いい感じの石ころを拾いに』という本の中にある石も。

拾った石は、出窓にならべた。宝石のようには光らない。でも日が当たるところは、明るくて、下には影を落としている。ちゃんと、そこにある。

石たちが、たがいに寄りそってるみたいに見える。

その夜、『いい感じの石ころを拾いに』を読んでみた。作者が、いかにただの石ころが好きなのが、書かれている本だ。

文章はちょこちょこ拾い読みしただけ。でも、載っている写真は全部見た。石ころたちは、みんなちがう表情をしている。そして、へなっとなりそうだったあたしを、はげましてくれた。

五　学校へ行った

翌朝は、またいつもどおり。

72

「行ってきます」

パパが出勤。ママが出勤。

ママは、あたしが学校をさぼっていたことを、責めなかった。パパにいったのか

どうか、まあ、たぶんいったとは思うけれど、パパも、なにもいわなかった。

そして、とうとう最後まで、あたしに「きょうは学校へ行くの？」とも「行くん

でしょうね」ともいわなかった。ところが、お姉ちゃんが、いう。

「ふたり、がんばったね」

パパとママのことだ。

「学校のこと、いいたくてしかたなかったと思うよ。まったく、逆にこたえるよね」

「こたえる？」

「いろいろいわれるより、つらいってこと。あたしにも、いい年なんだからちゃん

と仕事しなさいとか、うちにいるんだったら、掃除くらいしてとか、なにもいわな

いんだよ」

それが、こたえてたんだ。

「学校へ行くよ」

部屋からランドセルを持ってきた。

明るい顔で教室に入ることは、できない。

「おはよう」と声をかけてくれる子はいない。

でも、いい。

目をとじて、出窓に置いたあたしの石を思いうかべる。平気平気と心でとなえる。

授業が始まり、そっとまわりを見まわした。

先生の言葉を真剣に聞いている子。髪がはねているのを気にしている子。あくびをしている子。

窓ぎわの子と目が合った。

知っている。あの子は、あたしのことを「カビ」なんていわない。うん、あの子だけじゃない。ふつうに授業をうけているあの子も、この子も……。

いっているのは、あのグループの子たちだけ。ほかの子は、つられるように、あ

74

たしに近よらなくなっているだけ。でも、それを責めることは、できない。

そして、給食の時間になった。

あたしは念入りに手を洗い、マスクをして、ほかの当番の子と、給食室から配膳台を運んできた。

きょうは、中華サラダと、からあげがひとり二個。牛乳とごはんだ。つくだにの袋がひとり一個。

もくもくとトングでからあげをつまんで、差しだされる皿に入れつづけた。やっぱ、傷つく。

ならんでいる子の中から、「カビくさくない？」という声が聞こえた。

手がふるえそうになる。やっとのことで、からあげを皿に入れた。

次の子が、前に来る。さっき、「カビくさくない？」っていった、華やかグループのリーダーだ。顔をしかめて、汚いものを見るような目を、あたしにむける。

──そういうやつは、どこにでもいるんだよ！

お姉ちゃんの声を思いだし、トングをぎゅっとにぎった。

「いいかげんにして！」

マスクの中が、あたしの声で、もわっとなる。

石ころパワーを見せてやる。

「あたしは、あたし。

あんたたちにとって、いい感じじゃなくていい」

目の前にある顔が、一瞬こわばる。

「おいおい、どうしたんだ？」

浮田先生が、寄ってきた。

「ずっとカビくさいって、いわれてました。先生、あたし、カビくさいですか？」

「ちょっと、なにいってんの」

さすが、強気だ。

「そんなこと、いってません」

先生に真顔でうったえてるよ。まさか、あたしがうそつきになる？　と、あわてかけたそのときだった。

76

「瞳さんに近づくとカビがうつるって、いってました」

窓ぎわのあの子が、いった。決して大きな声ではなかったけど、教室の中にひび

いた。必死にあたしをかばってくれてる。

「そうそう」

まわりからも、声があがった。華やかグループの子たちは、うつむいている。

目の前にいるリーダーが、あたしをにらんだ。でも、すぐに目が泳ぎだす。

そして、いった。

「わかったよ。……、ごめ…」

あんなに自信たっぷりだったのに、今は声を出すのがやっとだ。

あたしは彼女の皿に、からあげをぽんっと置いた。

宝石かただの石ころかなんて、関係ない。

あたしたちは、みんな、地球の上でふんばってるんだ。

その翌週から、お姉ちゃんは、バイトをしながら声優の養成所に通いだした。あ

の電話の口調を思いだすと、案外いけるんじゃない？　って、思える。ときどき川原で発声練習してるみたい。あの青みがかった灰色の石に聞かせてるのかも。

この前は、新しい石が出窓にひとつ増えてた。

プリン頭は、ざっくりカット。似あってる。

家にいるときは、相変わらずステテコだけど。もうかくさずに、アニメや声優が出ている雑誌を見ている。『いい感じの石ころを拾いに』も、テーブルにある。あたしも、ときどきぱらぱらめくる。

「じゃあ、お姉ちゃん。行ってくるね」

「ん、きょうはあたし、家にいるよ。いっしょに買い物に行く？」

「あー、悪いけど〜。友だちと約束してるから」

「ふうん」

出窓の石は、きょうもそんなあたしたちを見守っている。あたしたちのパワーストーンだ。

78

この物語に登場する本

『いい感じの石ころを拾いに』　宮田珠己著　河出書房新社

『ダレカ』をさがす冒険

赤羽じゅんこ

一

「息吹、まだ、決めてないの？」

図書室にいくと、同じクラスの図書委員の堀越あかねがまっていた。それも目を
つりあげたこわい顔で。

「だって、わかんねーもん。好きな本の紹介なんてさ。堀越は本、好きだろ？　お
れのも書いてくれよ。たのむ」

手をあわせておがむポーズ。これでスルーできるときもある。

しかし、堀越はますます目をつりあげ、声もとがらせた。

「やだ。自分のことは自分でやってよ。あと息吹だけなんだよ」

「うそー。みんな決めたの」

「うん。ほとんどその日に決めちゃった」

「みんな、本、好きなんだな」

「図書委員だもの、そうよ」

「へーっ」

おれみたいに本は読まないけど、しかたなくなったってのは、ほかにはいないらしい。

おれが図書委員になったのは、しかえしをされたからだ。

委員決めのとき、おれは山根有樹を学級委員にすいせんした。山根は勉強ばっかりのまじめなやつ。黒くて大きなめがねがトレードマークで、マンガの主人公に似ているからと、コナンなんてよばれている。

一学期、同じ班のとき、宿題をうつさせてっていったら、マジで怒ってきた。ゆうずうがきかないっていうか、ノリが悪いっていうか、おれとは話があわない。でも、なぜか大人うけはいいんだ。おれのかあさんは口ぐせのように、「山根くんを見習いなさい」というから、ちょっとむかつく。

山根は学級委員になるのをいやがっていた。人の前に出るのがにがてだからと。

えんりょというより、本気でいやなようだった。

でも、話し合いを早く終わらせたいおれは、手をあげていったんだ。

84

「学級委員になって、にがてなことに挑戦するのもいいと思います」

それがなぜか、バカうけ。「そのとおり」と拍手するやつもいて、山根はみごと選ばれた。

おれは給食委員かなにか、楽なものをやるつもりでいた。

けど、今度は山根がおれを図書委員にすいせんしたんだ。

「にがてなことに挑戦するのがいいっていうなら、長尾息吹くんが図書委員になるのがいいと思います。でなきゃ、ぼくも学級委員、やりません」と。

いっしょの班だった山根は、おれが本を読まないことを、よく知っていた。

おとなしいやつがたまにいう言葉って、力をもつ。クラスのほとんどが「そうだ、そうだ」と賛成し、おれは図書委員になっちまった。

図書委員は予想した以上に、仕事がいっぱいあった。

やぶれたり、よごれた本を見つけること。

返却されていない本を、さいそくすること。

あと本の整理だ。みんなかってなところに本を置くので、もとにもどさないとい

けない。

でも、それらはいわれたとおりにやれば終わる。

おれが困ったのは、本の紹介だ。

読書週間にむけて、図書委員はおすすめ本の紹介文を提出することになっていた。必ずひとり一冊、A3サイズの色画用紙にまとめる。おまけに、絵本、まんが、図鑑ではなく、物語を紹介するというのだ。

堀越が目をつりあげていっているのは、このことだ。本のタイトルを伝える日がすぎている。

「わかった。この週末で考えて決めるよ」

おれはうけあって、逃げだそうとした。すると、堀越は、「まって」とよびとめる。

「てきとうにやらないでよ。この前、委員長にいわれたんだから。なんで長尾くんが図書委員になったのって。本、読まないのに」

「しかたないだろ。やりたくてやってるんじゃないもん」

「山根くんはがんばっているよ。すごく」

86

堀越は「すごく」ってところに力をこめた。

おれは、ぎくっとする。

「この前も山根くんに聞かれたの。息吹はちゃんと図書委員やっているかって。だから、本の紹介文を書くといっておいた。そしたら、『楽しみ』だってさ。息吹のこと、注目しているみたい」

げっ、堀越のやつ、よけいなことを。

「だから、ね、いい紹介文、書いてやる。だから、ひとまず今日は帰るわ」

「わかった。おどろくような、いい紹介文、まってるから」

おれは堀越に手をふり、階段を一段とばしでかけおりた。

学校を出て、家への道を歩きながら、「ちぇっ」と舌うちした。

「なにが、『山根くんはがんばっているよ』だよ」

他人とくらべられるっておもしろくない。

だが、山根が努力しているのは、くやしいけど事実だった。

最初、小さな声でしゃべって、だれも話を聞いてくれなくて、顔をまっ赤にして困っていた。

けど、それから、話しあうことをプリントにまとめたり、意見箱をつくったりと、クラスがよくなるように、こまめに動きだした。しだいに、みんな一目おきだして、このごろは人気もあがっている。

「ちえ、ちえ、ちえ」

さっきまで、人気映画のノベライズ本を紹介して、かんたんにすませようと思っていた。

だけど、気が変わった。

堀越や山根がおどろくようないい本を紹介して、おれだってできるってところを見せてやりたい。今はあまり本を読まないけど、小さいころは本が好きだった。

子ども文庫のてつだいをしているばあちゃんが、たくさん絵本を読んでくれた。

なぜか、自分で読めるようになったら、ぱったり読まなくなった。いつでも読めると思うからだ。

でも、「いつでも」って時間は、やってこない。自分で時間をつくらないと、本は読めないんだ。

二

土曜日、ひとりでバスにのって、ばあちゃんの家にいった。

「へえ、息吹が紹介文をね」

おれの話を聞いて、ばあちゃんは首をかしげた。おれが来たことを大よろこびしてくれるかと思ったが、そうでもなかった。足が痛くて、病院にかよっているという。

「どんな本がいいか、教えてよ」

「だめ。あたしゃ、息吹じゃないんだ。息吹がどんな本をおもしろがるか、わかんないよ」

首を横にふって、そっけない。

89

「二階の本棚に児童書があるから、気に入ったのを読めばいい」

「でもさ」

おれは、クッキーをほおばりながら、目をしばしばさせる。

「ちらっと見たけど、題名と表紙だけだと、どれがおもしろそうか、わかんないよ。みんな、古い本だし」

「そりゃ、古いわよ。あんたのかあさんが読んだ本だからね」

「そうなの？　ばあちゃんのじゃないの？」

「ばあちゃんの小さいころなんて、そんなに本はなかったの。あれは由利江が小さいころ、読んで好きだった本」

ばあちゃんは、かあさんを由利江と名前でよんだ。名前で聞くとおかしな感じ。かあさんが別の人みたい。

「げー。そうだったのか」

首すじをボリボリとかいた。かあさんの好きだった本を読むって、なんか、こそばゆいっていうか、てれくさいっていうか、ていうがある感じだ。

「表紙だけじゃわからなかったら、二、三ページだけでも読んでみればいいじゃない」

「うーん。でもな……」

それがめんどうだから、ばあちゃんに聞こうと思っている。

「しかたない。一冊、選んであげるよ。おやつ、食べおえたら二階にいこう」

「うん。サンキュー。いこ、いこ」

あわてて口にクッキーをおしこみ、ゴホゴホとむせこんだ。

二階の空気は、どよんとしていた。足が悪くなったばあちゃんは、このごろ、窓をあけてないらしい。

「由利江は小学校のころ、本が大好きでよく読んでね。ずいぶん処分したけど、おこづかいで買った本はすてられないってとってあるのよ」

窓をあけて、ころがっているダンボールをどけて、ふたりで本棚の前に立った。

「なつかしいね。これ、由利江が好きだったわね。『ぼくらの七日間戦争』。映画に

91

もなったロングセラーだよ」

「へえ。かあさん、ほとんど本、読まないけどな」

「昔は時間があったのよ。今はいそがしいんでしょ。あんたたちがいるし、パートもあるし」

おばあちゃんは、いすをもってきてすわると、なつかしむみたいに一冊、一冊、手にとりだした。

十冊目かの本をひらいたところで、おばあちゃんは目を見ひらいた。

「まあ、やだ、こんなのがはさまって、残っていた」

「えっ?」

「見て、これ」

ばあちゃんは、本のまんなかあたりからふたつおりの紙をとりだした。ひらくと花がらのびんせんに、えんぴつで文字が書かれていた。おれは口にだして、それを読む。

わたしも自分自身でダレカをさがす冒険をしたいです。

だから、あのこと、ゆるしてください。

やらないとこうかいしそうです。　ユリ

「え、なにこれ？」

文章の意味がわからないが、心をこめて書いたように見えた。えんぴつの字が力強くて濃い。

「手紙よ。小学生の由利江から、わたしへの抗議の手紙」

「抗議？　うっそー」

本の表紙を見た。『二分間の冒険』、作者は岡田淳とある。

表紙の絵は、おれから見たら、少し古めかしかった。

怪物がいるのだが、でっかい頭で、体もぶよぶよとふとっている。なのに足が短くて細い。

怪物に立ちむかう、剣をもった男子と女子の服装もちょっと昔っぽい。

しかし、そのレトロっぽさが、なぞめいたふんいきをかもしだしている。絵の意味が知りたくて、すぐにめくって読みたくなるような……。

「そうだったわねー。いろいろ思いだしたわ」

ばあちゃんは、にやにやしだした。当時のことを思いだして、なつかしんでいるみたい。

「なに？　かあさんとばあちゃんの間に、なにがあったの？」

「ふふふ。知りたいかい？」

「あたりまえだろ。こんな手紙、見つけたら気になるよ」

「じゃ、この本を読んでみたら。そうそう、紹介文を書くのもいいわ。おもしろくて、元気になれる本よ」

ばあちゃんは、急にすすめだした。

「うーん。この『三分間の冒険』を紹介したら、みんなおれのこと、『すげー』って思うかな？」

「本はべつに『すげー』って思ってもらうために読むわけじゃないから。でも、ファ

ンタジーの名作っていわれるロングセラー作品。選んで損はしないよ」

そういわれると心が動いた。

「この本を読んだら、かあさんの手紙のわけがわかる?」

「少なくとも近づけるわね。本を読まずに、手紙のことは、わからないわ。話しても、うまく伝えられない」

「ふーん」

おれはもう一度、手紙を見た。カタカナで書かれた『ダレカ』ってところが、やけに気になる。

「じゃ、これにしてみるよ」

その日は、ばあちゃんの家にとまることにした。家に帰ると、妹の菜実といっしょにテレビを見たくなる。

しずかなこの家で、読めるところまで、本を読んでしまおうと思ったんだ。

三

「ふーん、へんなの」

半分ほど読みすすめて、おれは息をはいた。

『二分間の冒険』は、ふしぎなストーリーだった。

出だしは、どこにでもあるような小学校の風景からだった。六年三組の悟は、体育館でクラスメートといっしょに床にシートをしいていた。次の日の映画会の準備だという。

そこに落ちていたとげぬきを、悟が保健室へ届けにいくことにする。

しかし、その途中からおかしなことになる。

とつぜん、黒ネコに話しかけられ、とげぬきでとげをぬいてくれといわれる。それが、見えないとげだというからおかしな話だ。

しかたなく悟はとげをぬくまねをする。すると、黒ネコはとげをぬいてくれたお礼に願いをかなえてやるといいだすのだ。

とっさに願いごとを思いつかなかった悟は「ちょっとまってくれよ」といってしまう。すると黒ネコは、「時間がほしいってわけか」といって、悟を異世界に送りこんでしまうのだ。

その異世界に入ると、黒ネコは自分を『ダレカ』と名のり、ゲームをしようといいだす。黒ネコ『ダレカ』をさがしあてる「かくれんぼ」のようなゲーム。黒ネコを見つけたら、もとの世界に帰れるのだ。じゃ、かくれている黒ネコを見つければいいのかって思うだろ？ そんなに単純じゃない。その異世界で、『ダレカ』は黒ネコの姿をしていないというのだ。

――おれは、この世界で、いちばんたしかなものの姿をしているよ。じゃあ、あばよ。

そういって、消えてしまう。

わけのわからない異世界で、なにに姿を変えているかわからない『ダレカ』をさがすなんて、むちゃくちゃでありえない。

さらに、この異世界もとんでもないところで、子どもとお年寄りしかいなくて、

98

「竜のおきて」にしばられている。子どもたちが、男女ふたり一組になり、竜の館にいかなければならないのだ。そこで竜と勝負をして、たおさないと「いけにえ」にされて命を落とすというのだからひどい。

いけにえとか、竜とたたかうとかいうと、昔話みたいに思えた。なんとか伝説とか、似たようなものがあったような……。

でも、昔話とちがうのは、異世界にあらわれる子どもたちが、主人公の悟の同級生たちだということ。悟は顔を知っている。でも、むこうは悟のことをまったく知らない。

おれは、ドラマとかアニメとかを見て、ラストをあてるのがうまいほうだ。こいつこいつが仲直りするとか、こいつが裏切るとか、こいつは改心して味方になるとか勘がはたらく。

でも、この『二分間の冒険』は、半分ほど読んでも、ラストがまったく思いつかない。

先がわからないので、もやもやする。

主人公の悟は、竜こそが『ダレカ』だと思いこんで旅をする。でも、途中からおれは、そうではないような気がしていた。

それがいくら考えてもわからない。

じゃあ、『ダレカ』はどこにいる？

読んでいる間、かあさんの手紙のこともちらついた。かあさんは「自分自身で『ダレカ』をさがす冒険をしたい」と書いていた。かあさんがさがしたい『ダレカ』は、かあさんが小学生のとき、たしかだと信じて、どうしてもほしいものだったはず。

小学生時代のかあさんは、なにを考えていたんだ？

すごく先が気になるが、おれは『二分間の冒険』をいったん読むのをやめた。ふだん、本を読まないせいか、つかれてしまった。おばあちゃんにも、もう寝なさいといわれている。

明日は早く家にかえって、午後の野球の練習の準備をしないといけない。いそがしい。

「本を読むって、時間がかかるな」

かあさんの手紙をしおりがわりにはさみ、本を閉じた。

四

月曜日は、雨だった。

おれは『二分間の冒険』をもって学校にいった。自習になって、続きを読める時間があるかもしれないからだ。

社会の授業のふとした合間、ストーリーのことを考えてしまった。

もし、おれが『二分間の冒険』の主人公みたいに、ふたり一組になって、竜の館へいかなければならない立場だったら、だれと組みたいだろうかと。

そっと教室を見まわす。なぜか、堀越あかねのところで、視線が止まって、おれは苦笑した。堀越なんかと組んだら、文句ばかりいわれそうだ。

でも、しっかりものだから、たよりにはなるだろう。キャーとか、イヤッとかこ

わがってばかりいる子だったら、冒険はできない。

すると、視線に気づいた堀越が、おれのほうを見返した。そして、「ベー」と舌をだす。

おれも「イーッ」と口を横にひっぱった。

「おい。長尾、なにをしている」

先生の声がとんできた。おれだけ、見つかってしまった。しかたなく、わらいをこらえていた。んと頭をさげる。堀越のほうをうかがうと、口をおさえて、わらいをこらえていた。

「ちぇっ」

そもそも『二分間の冒険』のことなんか、考えたせいでこうなったんだ。日曜日は野球でつかれて、続きが読めなかったのがいけない。早く読んでしまわなきゃ。本のストーリーが気になって落ちつかない。

雨で外遊びできない休み時間、おれは『二分間の冒険』をひらいた。

すると、堀越がそばに来た。

「息吹、さっき、なんでこっち、見てたのよ」

「べつに。おもしろい顔だなって」

「もう、ひどい。あ、本、読んでるじゃない。紹介する本、決まったんだ？」

「うん。まあな」

おれは、おもむろに表紙を見せた。

「うわっ、『二分間の冒険』じゃない。わたしも大好き！　この『ダレカ』がね。あ、いっちゃだめか。まだ、読んでる途中だよね」

「えっ」

おれはなぜかどぎまぎして、何度かまばたきする。

「この本、知ってるの？」

「知ってるわよ。ママにすすめられて読んだの。息吹も、そう？」

「まあ、そんな感じ」

「ふーん。こういうのが好きなんだ。息吹。あんがいセンスあるじゃない」

そこで思わせぶりに、ふふふとわらう。

「なんだよ。わらうなよ。読むんだからあっちいけ」

手を横にふって、おいはらうしぐさをした。本を夢中で読んでいるところを見られるのは、ちょっとはずかしい。

「わかった。じゃ、最後まで読みおわったら、感想、聞かせてね。ぜったいよ」

堀越は、やけにきげんよく、自分の席にもどっていく。

「お、おう」

おれは、答えながら何度か首をひねった。

同じ本が好きだとわかったら、堀越の態度が、がらりと変わった。急に親しげな、やさしい口調になったんだ。同じ本が好きってことで、おれに対する評価が急にあがったみたい。

ま、おれだってまんざらじゃない。

同じ本が好きとわかって、さっきまで遠かった堀越が近くなったように感じている。ひみつをわけあったような、そんな気持ちになっている。

だからなのか。

104

図書委員の本好きなやつらは、「ぼくも読んだ」「わたしも好き」と本の感想をよくいいあっている。楽しげに話している。

よくもまあ、話が続くもんだと、おれはひややかにながめていた。

でも、そのわけがわかった。

好きな本が同じだと、それだけで心と心が近づいた気になれるんだ。友だちになれた気になるんだ。

「よーし」

おれは本をひらき、ページに目を落とした。早く読みおわって、堀越の感想を聞きたい。そんな思いで、気持ちばかりがあせって、自分の読む速度の遅さがもどかしかった。

五

急いだけど、けっきょく学校だけでは読みきれず、夕食後、ダイニングのテーブ

ルで続きを読むことになった。

リビングでは妹の菜実がテレビのバラエティ番組を見て、わらいころげていた
が、それも気にならないくらい、本に集中した。

『ダレカ』の正体はだれなのか。

作者はかんたんに教えてくれない。ほのめかしながらストーリーはすすむ。主人
公の悟といっしょになって考え、悩む。いつしか、おれまで、このへんてこな世界
を冒険している感じになる。

最初から異世界が舞台の作品なら、これほど考えなかっただろう。どうせ、つく
りものの世界だからと。

ただ、この本は、ふつうの小学校のよくあるような場面からはじまっている。お
まけに、悟もごくふつうの小学生だ。とくに勇敢なわけでも頭脳明晰でもない。だ
から、「もし、おれなら」って、いっしょになって考えストーリーにのめりこむ。

「ふう、読みおえた」

本を閉じて、のびをしていたら、かあさんがよってきた。

「熱心だったけど、なに読んでいたの？」

「これ、かあさんの本だよ」

表紙を見せる。

「うわ、なつかしい」

かあさんが目を見はった。

「ちなみに、こんな手紙も入ってた。おれ、しおりがわりにつかったけど」

「えっ」

かあさんは、あわてて手紙をとり、ひらくと、ほほをそめた。

「やだ。こんなの、残っていたの？　おばあちゃんったら、すててくれればいいの
に」

「なんでこんな手紙を書いたんだよ。かあさんがさがしたい『ダレカ』ってなに？」

「もう、はずかしい。わすれちゃったわよ。こんな昔のこと。かあさんが息吹くら
いのころのことだもの」

かあさんは手でほほをこすりながら、やたらあわてている。

「じゃ、別の質問。ばあちゃんにゆるしてほしかった、『あのこと』ってなんだよ」

手紙の文字をさししながら、たずねた。

「それも、わすれちゃった」

かあさんは、とぼける。

「じゃ、おれから、ばあちゃんに聞くぞ。最後まで読んだら、教えてくれるっていってたから」

すると、妹の菜実も「なになに?」ってやってきた。手紙のことを話すと、「聞きたい、聞きたい」とさわぎだす。

かあさんは、しばらくためらっていたけど、最後はおれと妹の両方の「聞きたい」に根負けした。

「あのね。小学五年生のころ、おかあさん、『赤毛のアン』のミュージカルのオーディションをうけたいっていったの。そのころ、女優さんになって舞台に立ちたかったのよ」

「うそー」

「マジ」

おれと菜実の声がかさなって、家の中にひびきわたった。聞いたこと、なかったからだ。

「ほら、そういっておどろくから、いいたくなかったの。おばあちゃんは、今はあんたたちにやさしいけど、昔はそりゃ、きびしかったのよ。女優とか、ぜったいに反対だったの。なんとか説得したくて、あれこれ考えていたとき、この本に出会ったんだわね。たぶん」

かあさんは、おれから『二分間の冒険』をうけとって、パラパラと飛ばし読みだした。ときおり、「そうだわ」とか、うなずいている。

「思いだした。ほら、この本って、主人公が自分自身で『ダレカ』をさがす話じゃない。その黒ネコは、この世界でいちばんたしかなものが『ダレカ』だっていったんでしょ？　わたしも自分の世界でいちばんたしかなものをさがしたくなったのよ」

「そのたしかなものが、かあさんにとって女優になることだったってこと？」

「まあね。そのときは、そう思ってたの。女優をめざすことが、かあさんの冒険で、そこにたしかなものがきっとあるって。やる前から反対されたから、意地にもなっていたのね」

かあさんは肩をすくめる。

「もうひとつ、この冒険って、まったく大人のてつだいをうけないで、子どもだけであれこれ考えて『ダレカ』にたどりついたでしょ。そういうところが好きだったのかな。読みおえて、元気がもらえたんだと思うわ。かあさん、えいきょうをうけて、『わたしもやるぞ』って思ったんじゃないのかな」

それはちょっとわかると思った。この本を読んで、おれも、おれだけの冒険に出たくなった。もちろん、そんなことはできっこない。でも、主人公みたいに、自分でなにかをつかんでみたくなったんだ。

「おばあちゃんはなんていったの?」

菜実が身をのりだす。

「たしか、この本を読んだあと、しばらく考えていたわ。いろんな人にも相談した

みたい。でも、最後には、『そこまでいうなら、好きなようにしなさい』って、いっ
てくれたのよ。ただし、勉強はちゃんとやることって」

「で、うけたの？　オーディション」

「そう。でも、だめだったの。バレエも歌も演技も習ったことなかったから、しか
たないわね」

まわりの子は、小さいころからレッスンをうけて、うまかったのだと肩をすくめ
る。

「それで女優、あきらめたの？」

「すぐにはあきらめられなかったわよ。中学校で演劇部に入って、高校で地域の劇
団に入って、大学までやったの。楽しかったわ。でも、仕事にまでするのは、ちが
うなって思ったの。今はやめているけど、時間ができたらまたやりたい」

「へえー、なんか、かあさんがかあさんじゃないみたい」

かあさんをまじまじと見てしまった。

「なんでよ。これがかあさんよ。おばあちゃんとけんかして、反抗したり、泣いた

りしたときがあったの。夢みる乙女だったのよ」

かあさんは、手紙の文字を一字一字、指でたどっている。

おれは、かあさんの小学生時代を思いうかべようとした。

けど、「宿題をやりなさい」とか、「野菜を残さないで」とかいう、かあさんを毎日見ているせいか、うまく思いえがけない。

だけど、たしかにいるんだ。かあさんの中に、女優になりたくて、ばあちゃんにゆるしてもらえなくて、なやんでいた女の子が。『二分間の冒険』を読んで感激して、手紙を書いた女の子が。

なんかふしぎな感じがする。きっと、ただ、女優になりたいっていっても、ばあちゃんはゆるしてくれないと思って、『二分間の冒険』をわたしたんだ。そのストーリーが、ばあちゃんを動かした。ただ、やらせてという以上のなにかを伝えた。

そう思うと、本ってすげぇ。

「かして。菜実もその本、読む」

「だめ。この本で紹介文、書くんだから。それが終わるまでだめ」

112

おれは、菜実より早く、本をつかみとった。かあさんは腰をふってスカートをゆ

らすと、ぼくにむかってうたいだした。

「さぁ、息子よ！　紹介文に、思いのすべてをはきだしなさい。てれないで、思いっ

きり〜〜」

両手までひろげて、ミュージカルのまねごとだ。そんなかあさんに、菜実は「わー

い」と手をたたく。

「なんだよ、へんなの」

いわれなくても、ちゃんとやるつもりだった。やろうとすることを、先にいわな

いでほしいよ、マジで。

六

数日後、おれは、迷いながら書きあげた紹介文をもって、図書室にいった。堀越

はもう来ていた。

「書いたぞ」

堀越の前にバンッと置く。

「おお、やったね」

おれの紹介文を手にとった堀越は、ぷっとふきだした。

「なんか、息吹らしい」

「なになに？」

「見せて」

ほかの委員もよってきて、紹介文を見た。

すげえ、おもしろいからとにかく読め。

そして、主人公といっしょに『ダレカ』をさがしあてよう。

それだけをでかい文字で書いて、下に竜の絵を書いた。それだけ。

「最初は細かく説明するように書こうとしたんだ。そしたら、むずかしくてわかんなくなってさ。だから、こうした。ダメか？」

「うん。ダメじゃない。とてもいい」

堀越がキラキラした目で、大きくうなずいてくれた。

「マジ？　いいの、これで。やったぜ」

おれは顔がほころんだ。胸の奥から達成感がこみあげてきた。おれでもできたと、体がほかほかしてくる。

委員長もそばに来た。おれはどきっとして、体をかたくする。おれのこと、「本が好きじゃないのに、図書委員になって」と文句いっていた人だからだ。

「いいわね。長尾くん、短い言葉だけど、長尾くんが夢中になった感じが伝わってくる」

やりーっと、むくむくとうれしくなる。でも、あまりうれしがってみせるのもくやしいから、頭をかいていった。

「まあね。にがてなことにも、挑戦しなくちゃ、だからね」

これには堀越がにやっとした。

「紹介文、これでそろったわ」

図書館のつくえにずらっと、色画用紙がならんだ。赤、青、みどりと色もそれぞれだが、本の種類もたくさんある。

堀越が紹介文を書いたのは、『ぼくらの七日間戦争』という本だった。あれって思った。おばあちゃんの本棚にあったやつだ。

『解放区にたてこもり大人をとっちめる』と、だいたんなことが書いてある。解放区ってなに？　と興味がわいた。おもしろそうだ。

自分がまた本を読もうとしていることに、おどろき、少しだけとまどった。こんなふうになるなんて、思ってもいなかったからだ。

なんか、本って伝言ゲームしているみたいだ。ほら、おぼえた言葉を伝えていくあのゲーム。最後になったら、言葉がまったく変わっちゃうこともある、あれ。

初め、かあさんがばあちゃんに『三分間の冒険』っていう伝言をわたした。それ

116

からずいぶん時間がたったけど、その伝言はおれにまわってきた。

その伝言で堀越とつながり、紹介文で別のだれかによびかけている。

本を読んで思うことは、それぞれちがっても、同じ本を読んだっていう連帯感は、

きっとつながっていく。それってなんかいい。なんだかおもしろい。

「さーて、紹介文がそろいました。次はこれを掲示板にはりだします」

委員長が前に出て、学年ごとの分担を発表した。五年は三階のおどりばにはるよ

うにいわれた。

さっそく画びょうと紹介文をもって、おどり場にいく。堀越やほかの図書委員と

どういう配置ではるか、わいわいさわいでいたら、山根が階段をのぼってきた。

「あ、山根くん。ちょうどよかった。息吹も紹介文、書いたんだよ」

よせばいいのに、堀越が声をかける。

「どれどれ」

山根はメガネをおさえながら、おれの紹介文を見る。

「へえー。迫力あるな。読みたくなるよ。これ、まんなかにはれば」

山根の言葉で、おれの紹介文がまんなかになってしまった。それにあわせ、ほかの配置も決まる。

「本、読んだんだな。長尾も」

山根がおれを見る。

「あたりまえだ。にがてなことにも、挑戦だからな。山根もこの本、読めよ」

てれくさくなったおれは、紹介文を指さして、ぶっきらぼうにいう。

「読むよ。長尾が好きになるなんて、よっぽどおもしろいんだろうな」

そんな言葉を残して、山根はさっさと階段をおりていく。

「ちえっ、なんかえらそうなやつ」

おれは、いーっと山根の背中に顔をしかめた。

「なによ。けっこううれしそうだよ。顔がにやけてる」

堀越がいい、ほかの図書委員もそうだそうだとわらった。

「もう、からかうなよ」

おれはみんなに背中をむける。どういう顔をしたらいいか、わからないからだ。

118

「あれ？」

黒いものを見つけて、目を細めた。階段のいちばん上。

『ダレカ』みたいな黒ネコがいて、おれを見ている。

目をこすって、もう一度見たら、なにもいない。

「やだな、おれ」

『二分間の冒険』のえいきょうをうけて、まぼろしを見たのかも。もしかしたら、

これは、おれも『ダレカ』をさがしたほうがいいってことじゃないか。

この世界で、いちばんたしかなものってやつをだ。

よし、おれも見つけてやるぞ。

だって、かあさんだって、そうしたんだから。

この物語に登場する本

『二分間の冒険』岡田淳 著　偕成社

『ぼくらの七日間戦争』（角川文庫）宗田理 著　KADOKAWA

図書館と昆虫の森

池田ゆみる

一

今日は一学期最後の日。五年二組の教室は、朝からずっとそわそわしている。プールへ行く約束をしたり、旅行の行き先を自慢しあったり。そしてだれもが、黒板の上にかかっている時計をチラチラ見ている。帰りの会には、みんなのテンションが最高になった。

先生は夏休み中の注意事項をいくつかあげると、次は自由研究について説明した。

「内容はなんでもいいですよ。工作でも、理科の実験でも、感想文でも、好きなものを選んでください」

二学期そうそう産休に入る先生は、丸いお腹をつき出して、いつもより大きな声でしゃべった。

わたしはすぐに、伝記を読んで感想文を書こうと思った。伝記を読むのは好きだし、作文もきらいじゃない。

涼太がおかしなことを言ったのは、さようならのあいさつのあとだった。

「決めた！　おれは図書館をつくる」

それは、クラスのみんなに宣言するかのように聞こえた。

「図書館？」

ぽかんとした顔で、みんなは涼太を見つめた。わたしにも意味がわからない。

「なに、ねぼけてんだよ。そんなものできるわけないじゃん」

だれかが声をあげる。

「まあまあ、楽しみにしててよ」

涼太は、それしか言わなかった。わたしは、にやにやしている涼太の顔を見た。それとも、図書館の模型でもつくるということなのか。自分の家のひと部屋を、図書館にしてしまうのか。

涼太とは家が近い。よちよち歩きのころからの知り合いだ。性格もよく知っているけれど、根はまじめで、うそはつかない。だからときどきおかしなことを言うけれど、よけい気になった。

124

「どう思う？」

帰り道。いつもいっしょに下校するユリに聞いてみた。すると反対に、ユリから聞きかえされた。

「満里奈はどう思うの？」

「よくわからないよ。だって涼太って、ときどき変なこと言うから」と、わたし。

そう、涼太はすごく物知りだ。本をたくさん読んでいる。でも、とつぜんむずかしい話をはじめたり、おかしな行動をとったりする。この前は、バス停のベンチで足を組んで新聞を読んでいた。

「そのうちハッキリするんじゃない。だから、あんな変人ほっときな」

涼太はかげで〝変人〟とよばれている。だから、ユリは、そんな涼太のことなんか気にするなと言う。だからわたしも、涼太のことは、もう気にしないことにした。

「お姉ちゃーん！」

背後から弟の声がした。ふりかえると、ランドセルをゆらしながら弟の未月が

走ってくる。

「ほら、あぶないってば。ころぶよ」

声をかけても未月はとまらず、息をはずませやってくる。

「お姉ちゃん、家に、帰ったら、いっしょに行ってね。"少年の森"に」

未月は、水族館のポスターにのっている、コツメカワウソのような、くりんとした目で、わたしを見あげた。わたしはこの目に弱い。

「また虫とり?」

「そう! 準備するから、先に帰るね」

未月はわきをすりぬけて、パタパタとかけていく。手が泥だらけだった。両ひざにも土がついていた。たぶん校庭のすみに立っている木の、根もとの土でもほじくりかえしたのだろう。ゆうべ、図鑑でセミの幼虫のページを見ていたから。

「一年生よね。かわいいねえ」

ひとりっ子のユリが目をほそめる。

「なら、あの子をユリにあげる」とわたしが言うと、

「いらない」とユリは即答した。

二

気分はどんより重かった。わたしは虫が苦手だ。足がたくさんあったり、ふれたらかゆくなりそうな毛が生えていたりして。うっかりふんづければ、やわらかい体はぐしゃっとつぶれて中味がとびだす。とくにセミはきらいだ。体に似あわないくらい、大きな鳴き声。ひっくり返したときの、ガジガジしたおなか。見ただけで、鳥肌がたつ。

今日はとても暑い。蚊だってたくさんいるだろう。スズメバチなんかもいるかもしれない。だから、ぜったい森に行くのをあきらめさせよう。わたしは、そう心に決めた。

家に帰ると、わたしは必死になって説得した。でも未月は、まったく聞く耳をもたなかった。

今朝、出かける前のお母さんから、未月のめんどうを見るようにたのまれた。お

ばあちゃんが入院していて、お母さんは大変なのだ。おばあちゃんは、お父さんの

お母さんで、入院生活はもう半年になる。最近は容態がよくなくて、このところお

母さんは、ちょくちょく病院に行っている。週に三日、パートで事務の仕事をして

いるお母さんが、今日は早めにあがって病院によると言っていた。だからお母さん

が帰るまで、未月のそばにいなくてはならない。

しかたなく、わたしはのろのろ準備をして、靴をはいた。

「お姉ちゃん、先に行くよ！」

未月は虫かごを首からさげ、捕虫網を手にして、玄関をとびだしていった。

「待って！　かけたらあぶないって！」

わたしは、あわててあとを追った。

道に出ると、未月はもう三十メートルくらい先に行っていた。

車にひかれたらどうするの。

思ったとたんに、未月の姿が見えなくなった。ちょうど涼太の家の前あたりだ。

128

大急ぎでかけつけると、未月は涼太の家の庭に入りこんでいた。未月の背中のむ

こうで、涼太が作業をしている。足もとにはたくさんの板がちらばっている。

のこぎりを手に持った涼太が、未月に話しかけていた。

「虫つかまえに行くのか？」

「うん、たくさんつかまえるんだ」

「あのさ、虫はつかまえて観察したら、にがしてやりなよ」

「えー」

未月は不満げな声をあげた。

涼太は、体を横にずらしてわたしを見た。

「今、スマホ持ってる？」

「あるけど」

「じゃあ、つかまえたら、画像にとってあげるといいよ」

虫の写真をとるの？

わたしは思わず顔をしかめた。でも、すぐに思い直した。

よく考えたら、涼太はいいことを言ってくれた。たとえ虫をつかまえても、にが
してくれるならありがたい。虫かごいっぱいの虫を持ち帰るなんて、想像しただけ
でもふるえてくる。

「にがしてあげなよ。虫だって生きてるんだからさ」と涼太。

「わかった。にがす」

未月は、すなおにうなずいた。わたしの言うことは聞かないくせに、涼太の言う
ことは聞くようだ。

わたしは未月をにらんだ。すると未月は、くるっとむきを変え、いきなりかけだ
した。

「ちょっと待って!」

あーあ、この暑い中、また追いかけっこだ。

住宅地をすぎ、県道に出た。道の両側には畑が広がっている。さすがにくたびれ
たのか、未月はようやく走るのをやめた。ところがこんどは、歩きながら頭の上で
捕虫網を大きく左右にふりはじめた。

あぶない！

網の先が車にぶつかりそうになって、ひやっとした。

やだもう、めんどう見きれない。ほんとうに勘弁してほしい。

県道から畑のあいだの小道に入って、〝少年の森〟の入り口にむかった。畑が終わった先には、濃い緑色の森がひろがっている。そこからセミの鳴き声が、わきあがるように聞こえてくる。

できることなら、真夏の森には足をふみいれたくない。耳をふさいで、引きかえしてしまいたかった。でも、未月をひとりで行かせるわけにはいかない。

森に入ると、空気が少しだけひんやりしていた。

「未月、少しのあいだ、息をとめてな」

背おっていたリュックから虫よけスプレーをとりだして、急いで未月の腕や足に吹きつけた。それから自分の手足にも念入りにスプレーした。

しばらく歩くと、木のまばらな陽だまりに、シオカラトンボが飛んでいた。トンボだったら、セミよりはまだマシだ。でも未月は、そのままずんずん歩いていく。

132

トンボには興味がないらしい。

足もとの草むらにも、なにか動くものがいた。バッタだ。わたしはバッタも苦手だ。体のかたちと、足がもげやすいところが、なんとも気持ち悪い。わたしは、急いでその場をはなれた。

ひらけた場所に出ると、まん中に大きな池があった。陽が照りつけて暑い。池のふちを早足でまわりこみ、またうす暗い木立の中に入った。ほっと息をつくと、丸太のベンチがあるのに気がついた。

「ひと休みするね。わたしが見えないところには、ぜったいに行っちゃだめだよ」

せわしげに、あたりを見まわす未月に声をかけると、わたしはベンチにすわって、リュックから冷たい麦茶を出して飲んだ。ふと、足もとの地面でなにかが動いた。アリの行列だ。そのうちの数匹が、羽のある死んだ虫をかついで運んでいく。きっとエサにでもするのだろう。

思わず足を引っこめたとき、腰かけているベンチにも、なにかがいるのに気がついた。こんどはクモだ。小さなクモが、ピョンピョンとんでいる。

おどろいて立ちあがったひょうしに、水筒のフタについだ麦茶がこぼれて、手がぬれた。そこへ未月が、かけてきた。

「はやく写真とってえ!」

未月が足ぶみをする。捕虫網の中でセミがジージー鳴いている。

「ちょ、ちょっと待って」

あわてて麦茶を飲んで、フタを閉めようとしたが、うまく閉まらない。

「早く! 早く!」

未月がせかす。

「待って、って言ってるでしょ!」

思わず、どなり声をあげてしまった。

やっとのことでフタを閉めて、スマホをとりだすと、ふるえる指でシャッターマークをタップした。未月は、ひとさし指と親指で、セミをつまんでいる。まったく平気なようだ。

カシャ。画面いっぱいに茶色いアブラゼミ。なんとか画像にとって、ほっとした

のもつかのま、こんどは未月が、くるっと手を返した。気味の悪いセミのおなかが、目の前にあらわれた。

「ぎゃっ！」

わたしは思わずとびあがった。

「おなかのほうも写してよ」

「わ、わかった」

こうなったらもう、やけくそだ。暑いうえに冷や汗までかいて、わたしは汗まみれになった。

「バイバイ、元気でな」

写真をとりおわると、涼太に言われたとおり、未月は、勢いをつけてアブラゼミを放り投げた。ところがセミは、ろくに羽ばたきもせず、目の前にいたわたしのTシャツの胸にとまった。

「いやー！」

わたしは、夢中でセミをはらった。セミはジッと短く鳴いて、大急ぎで飛んでいっ

た。そのあとも未月は、ミンミンゼミやニイニイゼミなど、別の種類のセミをつか
まえては、わたしに画像をとらせた。

それから、しばらく森の中を歩きまわった。すると、ひときわ大きな鳴き声のセ
ミに出くわした。

「シューシューシュー」と、うるさい声は聞こえるが、姿は見えない。

「あの鳴き声は、クマゼミだよ。でも、高いところにいるからとれないんだ。おっ
きくて、かっこいいんだけどなあ」

未月は、うらめしそうに木を見あげている。

わたしは、心の底からほっとした。あんな大音量で、しかも名前にクマがついて
いる大きなセミだなんて、考えただけでぞっとする。

歩いていると、目の前を、小さなハチのようなものが、かすかな音をたてて、飛
んでいった。そういえば、さっきの池には、春にはメダカがいた。水ぎわで、ぼん
やり立っているアオサギを見たこともある。小さいときにはよく、ここでおばあ
ちゃんに、生き物の名前を教えてもらった。オタマジャクシもたくさんいたっけ。

136

この森には、ずいぶんいろいろな生き物がいる。そのことに、わたしはあらためて気がついた。今までだって、いろいろ目にしていたはずなのに、きちんと見えていなかったようだ。

三

お母さんは、夕方になって病院からもどってきた。つかれた顔をしていて、元気もない。

「おばあちゃんの具合、よくないの？」

「そうなの。でもおばあちゃん、家に帰りたい帰りたい、って言うのよ」

夕飯のとき、お母さんは、わたしと未月（みつき）に、病院でのようすを話してくれた。お父さんは残業で、まだ会社からもどっていない。

「おばあちゃん、退院（たいいん）するの？」

「そうじゃないけど、もしかしたら、三日ほど家に帰れるかもしれないの。あとで

「お父さんと相談するんだけどね」

未月の顔が、ぱっと明るくなった。

でも、お母さんの話では、たとえ帰ることができても、容態が悪くなったら、すぐに病院にもどらなければならないそうだ。

そして金曜日。おばあちゃんは、病院の車に乗って、ほんとうに帰ってきた。

「やっぱり家はいいねえ」

玄関に入ると、おばあちゃんは、かぼそい声でつぶやいた。おばあちゃんはやせて、この前見たときより、二回りくらい小さくなっていた。そして、大急ぎで手配して一階の和室に置いた、レンタルの介護用ベッドに横になった。

「おばあちゃん、なにか食べたいものある？」

お母さんが聞いても、わたしが聞いても、おばあちゃんは「なんでもいいよ」と言うばかりだ。ところが、なにを出しても、ほんの一口か二口くらいしか食べてくれない。

次の日の午前中。おばあちゃんにと、涼太が大きなマスクメロンを持ってきてく

138

れた。いいかおりがする。きっと食べごろだ。

「まあ、ありがとう。美佐子さんによろしく伝えてね」

お母さんは、メロンを受けとりながら、涼太になんども頭をさげた。美佐子さん

というのは、涼太のお母さんの名前だ。

「あのさ、ちょっと聞いていい？　図書館はどうなった？」

帰りかけた涼太をつかまえて、わたしは、うっかりたずねてしまった。

涼太は、少しふきげんな声で答えた。

「まだできない。扉にてこずってるんだ」

「扉？」

「あ、そうだ。未月に伝えといてよ。できあがったら、"少年の森"につきあって

あげるって」

それって、わたしのかわりに行ってくれるってこと？

わたしは身をのりだした。

「あと、どのくらいで、できるの？」

「うーん、まだ十日以上かかるかな」

それでは、お盆のころになってしまう。どんなものかは知らないけれど、なるべく早くできればいい。

涼太の持ってきたメロンは、冷蔵庫で少し冷やしてから、お母さんが切りわけた。

おばあちゃんは、上のほうの、とろりとしていちばん甘いところを、スプーンでひとさじすくった。

「おいしいねえ」

でも、もうたくさんと言って、すぐに横になってしまった。

午後、お母さんと未月が夕飯の買い物に出かけているあいだ、わたしはクーラーのきいたおばあちゃんの部屋にいた。なにをするでもなく、なんとなく畳にすわっていた。

「満里奈、悪いけど、庭を見せてくれないかな」

「うん、いいよ」

140

わたしは立ちあがって、廊下と部屋を仕切っている障子を開けた。

おばあちゃんは、ゆっくりと体を横に動かした。

「ああ、今年も咲いたんだね。ユリもミソハギも」

せまい庭には、ひょろひょろした柿の木が生えている。ツツジやカエデの木も

あって、根もとには、白いユリと桃色のミソハギがゆれている。

少しすると、汗ばんできた。

「おばあちゃん、部屋が暑くなるから、もう閉めるよ」

おばあちゃんは、小さくうなずいた。わたしは、おばあちゃんの体が心配だった。

「満里奈にまで、バトンがわたったんだねぇ」

とつぜん、おばあちゃんが、かすれた声でつぶやいた。

「なに？　なんのこと？」

聞いても、返事は返ってこない。おばあちゃんは目をつぶって、そのまま動かな

くなった。胸のあたりを見ると、息をするたび、かすかに上下している。

わたしは、ほっとした。

次の日。お父さんは会社を休んで、ずっとおばあちゃんのベッドの横にいた。お

ばあちゃんは、ときどき目を開けたけど、ほとんど口をきかなかった。

お父さんは、「しー、静かにしなさい」と、さわがしい未月（みつき）のことを、なんども

注意した。

お父さんって、おばあちゃんの子どもなんだ。

わたしは、ふとそう思った。知っていたはずなのに、大発見したみたいな気分に

なった。

夕方、むかえにきた車で、おばあちゃんは病院にもどっていった。それから一週

間もたたないうちに、おばあちゃんは息を引きとってしまった。

おばあちゃんは、ほんとうに家が好きだった。旅行にはよく出かけたけれど、帰っ

てくると必ず、お茶を飲みながら「あー、家がいちばん」と言った。だから、お葬（そう）

式（しき）は、家ですることになった。

花が好きだったおばあちゃんのために、白だけでなく、黄色や紫（むらさき）など、きれいな

色の花で、棺のまわりをかざった。お葬式には、俳句サークルの仲間や、歴史散策の会のメンバーなど、たくさんの人がきてくれた。その人たちは、みんなといるときのおばちゃんのようすを、いろいろ聞かせてくれた。知らないことばかりだった。手を合わせ、お焼香をする人たちを見ているうちに、おばあちゃんからもっと話を聞いておけばよかったと思った。最後に、三日間だけ家にもどったときには、ほとんどそんな会話はできなかった。

ただ、ずっと前に、おばあちゃんが小さかったころのことを、聞いたことがあった。

「好きだったもの？ そうねえ。緑色の缶のみつ豆と、月光仮面のおじさんと、それから、きいちのぬり絵かな」

わたしの知らないものばかりだった。そこでおばあちゃんは、ひとつ、ひとつ、ていねいに説明してくれた。笑顔で、楽しそうに話してくれたのを、今でもはっきり覚えている。

四

涼太の家の前を通るときは、いつも中をのぞくようにしていた。でも、庭も家も、変わったようすはなかった。

涼太の図書館って、どんなものなのだろう。今日は八月十日だ。いったい、いつできあがるのだろう。

「ねえ、涼太の図書館、どうなったのかな?」

学校のプール開放日の帰り。ユリが、思いだしたように言った。気にするなと言ったくせに、ユリもほんとうは気になっていたらしい。

「まだみたいよ」

「ふーん」

ちょうど、分かれ道にさしかかり、涼太の話はそれで終わった。わたしたちは、手をふって別れた。

お線香のかおりがする家にもどると、お母さんがお昼ごはんのしたくをしてい

144

た。わたしは冷たい麦茶を飲んで、ソファーにころがった。まだ水の中にいるように、体が、ゆらゆらする。まぶたが重くなって、うとうとしかけたそのとき、未月が家にかけこんできた。

「お姉ちゃん、図書館できたって！」

いろいろ理由をつけて、わたしは、虫とりにつきあわされないようにしていた。

そこで未月は、涼太の家に入りびたるようになった。少しでも早く、いっしょに少年の森に行ってもらいたくて、涼太の作業の進みぐあいを見ているらしかった。その未月が、知らせにきた。

わたしはとびおきると、急いで涼太の家にむかった。ほんとうは走って行きたかったが、わざとゆっくり歩いた。

「おー、利用者、第一号！」

涼太は腕を組んで、門のところに立っていた。わたしの足がぴたりととまった。

入ってすぐのところに、四本脚の、タンスのような茶色い本箱が置かれていた。

両開きの扉には、花や葉を組み合わせた模様が描かれていて、きれいにニスがぬら

れている。中は三段に仕切られていて、本がぎっしりつまっていた。本箱の横には、木製のベンチもあった。

「どれくらいあるの？」

わたしは涼太に聞いた。

「百冊ちょっと！」

涼太はとくい顔だ。

「あのさ、これが図書館？」

「んー、ちょっとちがうかなと思ったから、〝ブックスタンド〟ってよぶことにした」

なるほど本箱の上のほうに、〝ブックスタンド〟というプレートがあって、本箱とベンチのあいだには、〝利用のしかた〟と書かれた札が立っている。そこには、

〝利用時間は、午前十時から午後五時まで。本は、自由に持ちかえることができます。かわりに、同じ冊数の本を寄付してください〟

と書かれていた。

「中の本が、どんなふうに変わっていくか記録するのが、夏休みの自由研究なんだ」

146

やっぱり涼太は変わってる。変わっているけど、おもしろい。

「これぜんぶ自分の本?」

「ちがうよ」

「よくこんなに集められたね」

「親にたのんで、SNSで寄付をよびかけてもらったら、あっというまに集まった
よ」

なるほど、その手があったか。

感心していたら、クラスの男子がふたり、自転車でやってきた。

「ちっ、一番じゃなかった」

「早いな。さすがはご近所さん」

わたしを見るなり、ふたりは口ぐちに言った。なんと答えていいかわからないの
で、わたしはだまったまま笑顔をつくった。

「お、これか」

「へえ、どれどれ」

ふたりはすぐに、本を選びはじめた。

「かわりの本、持ってきた？」

涼太がふたりに聞いた。

「もちろん！」

ふたりは、それぞれ二冊ずつ本を持ってきていた。それを涼太にわたすと、ブックスタンドをながめまわし、手にとっては棚にもどすのをくりかえして、本を選んだ。

「またおいでよ。なん日かしたら、きっと中味が変わっているから。それから、みんなに宣伝してくれないか」

「了解。まかしとけ！」

ふたりは、そろって帰っていった。

「ほら、もう四冊変わっただろ？」

「なるほどね」

「ついでだから、どれか持っていけば？」

148

「じゃあ、伝記ってある？」

少し前から、自由研究のことが気になっていた。そろそろ本を決めないと、まにあわなくなる。

「ええと、今あるのは『モーツァルト』と『レイチェル・カーソン』の二冊だけど、おすすめはこれだな。こっちを読んでみたら？」

涼太が、すっと棚からぬいたのは、「レイチェル・カーソン」という人の伝記だった。

「この人、なにをしたの？」

『沈黙の春』って本を書いた人だよ。害虫なんかを殺すために、あんまりたくさんの農薬を使いすぎると、いい虫や、ほかの生き物まで殺してしまう。このままでいけば、人間の体にも悪い影響をおよぼすって、世の中にうったえた人なんだ」

涼太によると、『沈黙の春』というタイトルは、殺虫剤や除草剤などの化学物質のせいで生き物が死んでしまい、春になっても鳥のさえずりさえ聞こえなくなると

いう意味らしい。そしてこの本が、世界が環境問題を考えるようになるきっかけとなったそうだ。

「虫を殺す」という言葉が、わたしは気になった。

最近、お母さんが、なにかの話のついでに、「お盆がすぎるまで、虫を殺してはいけないんですって」と言った。

「なんで？」って聞くと、亡くなった人の魂が、お盆のときに虫になって帰ってくるからだと教えてくれた。それなら、おばあちゃんの魂も帰ってくるんだと、わたしはそのとき思った。

手にした本の表紙には、ごつごつした木によりかかって、双眼鏡を首からさげている女の人の写真があった。

「あなたは地球の環境のことを考えていますか？」

そう問いかけるような表情をしている。

「読んでみる」

わたしは、涼太に言った。

150

家に帰ると、さっそくブックスタンドのことを、ユリにラインで教えた。

すぐに、ユリから返信があった。

「やっぱり、涼太の考えることはおもしろいわ。そのうち行くから」

文章のあとには、にかっと笑った顔のスタンプがついていた。

お昼ごはんを食べたあと、すぐに本を読みはじめた。

レイチェル・カーソンは、アメリカのペンシルヴェニア州の自然豊かな土地で生まれ育ち、生き物と、読書の好きな少女だった。レイチェルが二十八歳のときに父親が亡くなったため、家族の生活を支えなくてはならず、かなり苦労したようだ。

DDTという農薬などの化学物質の汚染で、自然界の生き物が危険にさらされていることに気づき、五十一歳になって『沈黙の春』を書きはじめたが、そのとき、レイチェルはもう重い病気にかかっていた。本が出版されてベストセラーになったが、その考え方に反対する人たちから、ひどく攻撃されたりもした。でも、レイチェルの本は政府を動かし、レイチェルが亡くなったあとに環境保護局がつくられるこ

とになった。

　伝記は、その日のうちに読み終えた。むずかしい言葉もたくさんあったけど、意味はだいたいわかった。時間はかかったけれど、先が気になって、とうとう最後まで読んでしまった。眠りについたのは、いつもより二時間もおそかった。

五

　次の日。わたしは、十時になるのを待って家を出た。かわりの本を、涼太のブッ

クスタンドに届けるためだ。

「持ってきたよー」

　本箱の整理をしていた涼太に声をかけると、「ご協力ありがとうございまーす！」

と手を合わせられた。

　感謝するのはこっちなのに。

「伝記、おもしろかったよ」と言うと、「えー、もう読んじゃったの？」とおどろ

かれた。

そして涼太が言った。

「人間は、楽をしよう、お金をもうけようとして、考えなしに自然界のバランスを破壊しているんだよな」

また始まった、とわたしは思った。でもだまって聞いていた。

「あのさ、植物だって昆虫だって、動物だって、すべての生き物は約三十八億年前に地球にあらわれた、たった一つの細胞がもとになっているらしいぜ」

「それって、すべての生き物の先祖を、それぞれにたどっていくと、その一つに行きつくってこと？」

「そうだよ」

「すごーい！」

「今、おれたちが生きているのって、ほんとに奇跡なんだぜ。だからこう言いたい」

涼太は、両手を広げて天をあおいだ。

「おれのご先祖さま、感謝しています。よくぞオオカミに食われず、ほかの部族の

弓矢にも当たらず、川でおぼれたりせず、飢え死にもせず、戦争も生きのび、そしてみんなぶじに結婚相手が見つかりました、って」

そうか。ずっとずっと命がとぎれなかったということか。

おばあちゃんの言ってたバトンって、このことかもしれない！

そこへ未月がやってきた。　未月は捕虫網を振りながら、涼太にむかって甘えた声を出した。　虫かごは持っていない。

「涼にいちゃん、少年の森に行こうよ」

「えー、今日も？　きのう行ったじゃないか」

「あしたも行ってくれるって、約束したよ」

「そうだっけ。じゃあ、行くか」

え、行っちゃうの？

「ちょっと、ブックスタンド、このままでいいの？」

未月に手を引っぱられながら、涼太がふりかえった。

「自由に交換してもらうのさ。　五時に画像をとって、本の変化を見ればいいんだ」

「あんたって、ほんとうにおもしろいね！」

思わず声をかけると、涼太は片目をつぶって、親指を立てた。

ふたりが行ってしまうと、わたしは、かわりに寄付する本を、棚のすきまに、ていねいに入れこんだ。

そして、帰ろうとしたとき、どこからともなくアゲハチョウがあらわれた。

アゲハチョウは少しのあいだ、わたしのまわりを飛びまわり、やがて風にのってどこかに消えていった。

この物語に登場する本

『レイチェル・カーソン――［沈黙の春］で地球の叫びを伝えた科学者』
ジンジャー・ワズワース 著　上遠恵子 訳　偕成社

戸森しるこ（ともり・しるこ）

埼玉県出身。『ぼくたちのリアル』で講談社児童文学新人賞を受賞しデビュー。同作で、児童文芸新人賞、産経児童出版文化賞フジテレビ賞を受賞。2017年度青少年読書感想文全国コンクール小学校高学年の部課題図書に選定された。『十一月のマーブル』、『理科準備室のヴィーナス』、『レインボールームのエマ』『ぼくの、ミギ』など。『ゆかいな床井くん』で野間児童文芸賞受賞。（すべて講談社）

おおぎやなぎちか

秋田県出身。主な作品に、第39回児童文芸新人賞『しゅるしゅるぱん』（福音館書店）、第45回児童文芸家協会協会賞『オオカミのお札』シリーズ（くもん出版）、『どこどこ山はどこにある』（フレーベル館）、『木があつまれば、なんになる？』（あかね書房）、『ぼくたちのだんご山会議』（汐文社）、絵本『くもにアイロン』（福音館書店『こどものとも』）など。「季節風」同人。

赤羽じゅんこ（あかはね・じゅんこ）

東京都出身。『おとなりは魔女』（文研出版）でデビュー。『がむしゃら落語』（福音館書店）で、第61回産経児童出版文化賞ニッポン放送賞を受賞。『カレー男がやってきた！』（講談社）、「なみきビブリオバトル・ストーリー」シリーズ（さ・え・ら書房）、『落語ねこ』（文溪堂）、『バドミントン★デイズ』（偕成社）、『トゲトゲトカゲをつかまえろ！』（国土社）など多数。日本児童文学者協会理事。

池田ゆみる（いけだ・ゆみる）

神奈川県生まれ。デビュー作『坂の上の図書館』（さ・え・ら書房）が、埼玉県推薦図書、ならびに茨城県優良図書などに選ばれる。他の作品に『川のむこうの図書館』（さ・え・ら書房）など。JBBY会員。日本児童文学者協会会員。児童文学同人誌「ももたろう」同人。

絵 吉田尚令（よしだ・ひさのり）

大阪府生まれ。絵本の作画を中心に活動。『希望の牧場』（森絵都作、岩崎書店）で、IBBYオナーリスト賞を受賞。絵本作品に『悪い本』（宮部みゆき作、岩崎書店）『はるとあき』（斉藤倫・うきまる作、小学館）『星につたえて』『ふゆのはなさいた』（安東みきえ作、アリス館）、挿絵を手がけた作品に『雨ふる本屋』（日向理恵子作、童心社）など多数。

きみが、この本、読んだなら
ざわめく教室 編

・・・

2020年3月　第1刷発行　　2023年7月　第3刷発行

作　者　戸森しるこ　おおぎやなぎちか　赤羽じゅんこ　池田ゆみる
画　家　吉田尚令
発行者　佐藤洋司
発行所　さ・え・ら書房
　　　　〒162-0842 東京都新宿区市谷砂土原町 3 - 1
　　　　TEL 03-3268-4261　FAX 03-3268-4262
　　　　https://www.saela.co.jp/
印刷所　光陽メディア
製本所　東京美術紙工
Printed in Japan

さ・え・ら書房の本

なみきビブリオバトル・ストーリー
本と4人の深呼吸

赤羽じゅんこ、松本聰美、おおぎやなぎちか、
森川成美／作　黒須高嶺／絵

11月3日、並木図書館に集まった4人の小学生。
修は、カッコよくチャンプ本をとりたかった。
アキは、ペットショップの子犬の現状を伝えたかった。
玲奈は、恋バナの主人公のようになりたかった。
陸は、ケンカ中の修にわかってほしいことがあった。
そして、ビブリオバトルの幕があがる…

なみきビブリオバトル・ストーリー2
決戦は学校公開日

森川成美、おおぎやなぎちか、赤羽じゅんこ、
松本聰美／作　黒須高嶺／絵

11月18日、並木小学校は熱気につつまれていた。
「うそのチャンプ本なんていわせない」（珊瑚・小4）
「なにごとも修行だ」（吉樹・小4）
「本のことで負けたくないんだもん」（セイラ・小4）
「おねえちゃんのリベンジじゃない」（碧人・小4）
「今どきの小4ってすごい……」（くるみ・図書館司書）
そして、また、ビブリオバトルの幕があがる…

坂の上の図書館

池田ゆみる／作　羽尻利門／絵

「この本借りたい人？」
「はい！」とわたしは、思わず手をあげた。
自分でも驚くほど大きな声で。
このときわたしは、生まれてはじめて図書館で本を借りた。

川のむこうの図書館

池田ゆみる／作　羽尻利門／絵

「図書館は好きじゃないんだ」
竜司は図書館にいやな思い出がある。
土器のかけらをきっかけに、新しい仲間と遺跡の調べ学習
を進めていくうちに、竜司の中で何かが変わっていく。